目次

カバー作品：中園孔二『無題』, 2012, oil on canvas, 227.5x182.0cm
Photo by Kenji Takahashi

東京都現代美術館所蔵
画像提供：東京都現代美術館／DNPartcom

カバーデザイン：名久井直子

変半身《かわりみ》

（原案＝松井周　村田沙耶香）

本作は村田沙耶香と松井周が三年におよぶ取材・創作合宿を経て、共同で原案を創り、それぞれ小説と舞台として発表するプロジェクト＝inseparableのために書き下ろされ、二〇一九年十一月に小社より刊行された。舞台版は松井周作・演出として、二〇一九年十一月二十九日―十二月二十二日に東京芸術劇場他三カ所にて上演された。

I

海で溺れる家畜の絵にしよう、と言い出したのは花蓮《かれん》だった。

放課後の美術部の部室で、花蓮が足を組みながら言うのを聞いた私と高城くんは、顔を見合わせた。

高城くんが顔をしかめて言った。

「浜尾、真面目に考えろよ。もうあんまり時間がないんだから、そろそろ下描きに取り掛からないと間に合わないぞ」

「そうだよ花蓮、この島に関係がある絵じゃないと怒られるよ。私たちの絵、壁画になって港にずっと飾られるんだから。変なことしたら、島の人にずっと言われるよ」

「何言われたってかまわないよ」

花蓮は吐き捨てるように言い、美術準備室の椅子にもたれかかった。

港に新しい防波堤ができた記念式典で、島にある学校の生徒が壁画を描いて、それが飾られることになったと顧問の先生から知らされたのは、私たちが中学二年生になったばかりのころだった。私たちの中学校の美術部は五人しかいないが、二チームに分かれて二枚の絵を式典までに提出しなければいけない。楽だと思って入った美術部で、こんな大きな制作物を創る羽目になるなんて、まったくついていないと、私と花蓮は嘆いていたのだった。

高城くんも一年の頃から同じ美術部だけれど、私も花蓮も部活はさぼってばかりなので、事務連絡くらいしか話したことはない。高城くんは二年になってから副部長をしているし、真面目なので、私と花蓮に苛々しているのではないかと、内心はらはらして花蓮と高城くんの顔を見比べた。

高城くんは何を考えているのか、あまり表情の読めない顔で、淡々とスケッチブックを捲っている。

「竹井先輩のチームは海水浴の絵にするらしいな。小学校は子供たちみんなで地引き網の絵を描くみたいだ。俺たちだけふざけた絵を描いたら小学生に笑われるぞ」

「あ、ねえ花蓮、星空とかは？　ここ、夜は星が綺麗だし。黒く塗って点をかけばいいだけだし」

　いいアイデアだと思ったのに、花蓮はこちらを見ようともせず、上履きを脱いで、学校指定の白いソックスに包まれた長い脚をゆらゆらと揺らしながら、

「だめ。溺れる家畜の絵にするの」

と言った。

「何で家畜なんだ？　この島には、鶏くらいしかいないだろ」

「だって、私たちって、家畜じゃない」

　窓の外を見ていた花蓮が、大きな瞳をこちらへ向けた。長い睫毛がすっと空気を切り裂いたように見えて言葉に詰まった。花蓮に見つめられると、私はいつもどきりとしてしまう。

　高城くんは花蓮の視線の強さに怯まず、淡々と訊ねた。

「どういう意味？　誰に飼われてるわけ？　俺たち」

「だって、この島の連中は、皆、家畜を見る目で私たちを見るじゃない。メスはたくさん子供が産めそうな腰をしているか、乳の出はよさそうか、オスは力仕事に使えそ

うか、いい遺伝子を持っていて繁殖力がありそうか、誰と誰が交配したら質のいい新しい家畜が生まれるか。大人たちってそんなことばっかり」

「なんだ、そんな意味か」

高城くんはため息をついた。

「仕方ないだろ。それを言うなら、大人たちだって俺たちと同じ家畜の人生だよ。家畜なりに、島を存続させるためにいろいろ考えてるんだよ」

高城くんはいつも冷静で、感情をあらわにすることがない。顔立ちが整っていて、それなのに浮わついていないので、女子から人気がある。でも私は、高城くんは、落ち着いているというより、何かを諦めたようなところがあると、いつも思っている。

仕方がないのかもしれない。この島は、いろいろと村おこしをがんばってはいるけれど、村として存続するのが精一杯で、いきなり大人気の観光スポットになる可能性は極めて低いと大人たちも本当は気がついているような気がする。花蓮みたいに、東京に行って研究者になるんだと、大きな夢を見ている女の子は、教室にもあまりいないように感じる。就職先が少ないから一旦島は出ることになるだろうが、さして優秀でもない自分が、東京に出て行ったところで、結局は働いて食べるだけの坦々とした日々が続くだけなのではないかと、私もどこかで思っている。

「そうだ、祭りの絵は？　他とかぶらないし、描きやすそうじゃない？」

花蓮に呑気な口調で投げかけると、その強い視線が少し柔らかくなり、すいと美しい顎がこちらへ向けられた。

「陸ったら、そんなの描いたらもっと怒られるよ。家畜の絵のほうがまし。祭りの季節はじいさんばあさん連中は特にぴりぴりしてるんだから。写真一枚とっただけで、村八分にされちゃうんだからね」

「わかってるけど、お祭り、島の外の人もたくさん来るし、楽しいから好きなんだもん」

私の言葉に、やれやれというふうに、花蓮が表情を緩めた。

「陸は子供なんだから。陸は島の高校に進学するんでしょ？　村の人とうまくやっていかないと、肩身の狭い思いをしちゃうんだからね」

本当は私だって、祭りの話は島の外の人にはしてはいけないことくらい知っている。花蓮は昔から、私がこうやって馬鹿で無垢な子供のふりをすると、うれしそうに叱って、私を愛でてくれるのだった。

「真面目にやらないと、大崎のおばさんがうるさいぞ。わざわざ歴史館の奥の資料まで出してくれたんだから」

高城くんの言葉に、慌てて頷く。

「そうだよ、千代ばあちゃんも楽しみにしてるって言ってたよ」

花蓮はため息をついた。

「二人とも、どんどんこの千久世島《ちくせじま》に染まってくみたい」

「染まるも何も、ここが私たちの島じゃない」

だからここで生きていくしかない。続けようとした言葉を、私は俯いて呑みこんだ。

学校を出ると、もう辺りは薄暗くなっていた。

「じゃ、俺あっちだから」

高城くんは山の方を指差し、鞄を背負ってゆっくりと歩いて行った。

「そっか、高城くん、「山のもん」だもんね」

花蓮が呟いた。この島には大きく分けて二つの区域があり、私と花蓮が住む海辺の集落は「海のもん」、山の方にある集落は「山のもん」と呼ばれている。昔は海のもんと山のもんは、別々に暮らしていて仲が悪かったときくけれど、今は私たちは同じ学校に通っていて、そんなことはない。一緒に暮らしているおばあちゃんは「山のもんは血が汚い」などと毒突いているときがあるが、おばあちゃんはあと三十年もすれば老衰で死ぬだろうし、おばあちゃんの世代の老人たちがいなくなったら、そんなことを言う人がいたことも、島の人たちの記憶からなくなっていくのだと思う。

はやくみんな死ねばいいのにな。私は村の大人たちのことを、いつもそう思っている。私たちが一番年上になったら、この島は今とはまったく違っているはずだ。六十年後には嫌でもそうなるだろうけど、今すぐそうなってほしい。

村の老人たちを集めて燃やしたら、この島は私たちのものになるのだろうか。祭りが近くなったせいか、最近、いつもそんなことを考えている。

私の家は路地の奥にある。玄関を入ると夕ごはんの匂いがした。

「ただいまあ」

廊下の奥にある自分の部屋に入り、敷きっぱなしの布団の上に体を投げ出して目を閉じた。

朝から開けっぱなしにしていた窓から潮の匂いがする風が吹き込む。路地に響く誰かの足音の向こうに、かすかに波の音が聞こえる。

私はこの音を聞きながら想像するのが好きだ。

この島には、昔、ポーポー様という神さまがいたという伝説がある。伝説にはポピ原人という種族も出てくる。少しの遺跡と化石があるだけなので、でっちあげだという友達もいるけれど、私はこの不思議な伝説が好きだった。

山の上に住む千代ばあちゃんはよく子供たちに手作りのお菓子をくれるので、みんな千代ばあちゃんの家に集まり、よく昔話を聞かされた。退屈だと言う子も多かったが、私は夜になるといつも千代ばあちゃんの話を思い出しながら眠った。

私は、ポーポー様とポピ原人は宇宙人か未来人なんじゃないかと思っている。宇宙船かタイムマシンに乗ってこの島にやってきているのだ。そして、この島でホモ・サピエンスという下等生物を集めて観察して、実験しているのだ。

海の向こうに本島があるなんていうのも嘘で、この星には海とこの島しかないのだ。

ユーラシア大陸も南極大陸も本当は全部嘘で、どこまでいっても海があるだけで、人類は私たちしかいないのだ。私たちにそんな嘘をついているのはポーポー様とポピ原人で、実はここは巨大な研究施設で、私たちはポーポー様に命じられたポピ原人に実験されているのだ。だから私たちは本当に家畜なのだ。繁殖して美味しく育ったら、ポピ原人たちに食べられるのだ。

そうだったらどんなに素敵だろう。子供のころから、いつもそう考えていた。

花蓮にだけはこの妄想をこっそり話したことがある。花蓮は、可愛くてたまらないというふうに私のばからしい空想話を聞いてくれた。

「陸ったら、中学生にもなって本当に子供みたいね。でもね、残念だけど、海の向こうにはちゃんとこの大陸があったわよ。私、子供の頃ヨーロッパを旅行したことがあるもの」

きっとそれが正しいのだろうが、実際にこの目で見ていないうちは、自由に想像ができる。花蓮は早く島を出て自由になりたいと言うが、私は、島の中にいて海の向こうを想像しているほうが自由なような気がしていた。

目を閉じて、ポーポー様とポピ原人のことを思い浮かべる。

空想のなかで、ポーポー様とポピ原人は、今も私たちのことを見つめている。私たちの汚さも、醜さも、興味深く観察してくれている。海の中でただ一つ浮かんでいるこの島で、私たちだけが何も知らずに食べられるために繁殖している。そんなことを思い浮かべながら、いつのまにか、子供のころのようにシーツに抱き付いて、眠りについていた。

祭りが近づいてくると、にわかに島が活気付いてくる。この島にはポーポー祭りという伝統ある祭りがあって、島民みんなが参加する。三日間行なわれるポーポー祭りの最終日の夜には、選ばれた人間しか参加できない秘祭「モドリ」がある。「モドリ」に参加できるのは十四歳になってからで、この学校にも、「モドリ」に初めて参加する子がいるのだと思う。私もその一人だった。

「モドリ」に参加するのが誰なのかは口外禁止になっているのでわからないが、きっとあの子とあの子は行くんだな、と思う子は何人かいる。休み時間にベランダで泣いている子を見たこともある。皆、自分が祭りに参加する年齢になってしまったことに、まだ戸惑っているような様子だった。

祭りの話、とくに「モドリ」の話は学校ではあまりしてはいけないことになっている。それでも、皆の様子がいつもと違うのは明らかだった。

学校にも島にも、いつもとは違う空気が流れ始めているのを肌で感じていた。私と高城くんは、放課後の美術準備室で、大きな模造紙に壁画の下絵を描いていた。

花蓮は今日は風邪をひいたと担任の先生に連絡があり、学校を休んでいる。しばらく学校へは行かないかもしれないと、昨日の夜電話があった。

風邪というのは嘘のようだったが、私は深く追究しなかった。もしかしたら花蓮も「モドリ」に参加するのかもしれない。だとしたら、デリケートになるのもやむを得なかった。

記念式典へ向けた壁画は、結局私が最初に提案した、星空の絵になった。ただ黒く塗ったうえに星を描くだけだと、手抜きだということが丸わかりなので、ポーポー様が星座になって浮かび上がっているという絵にした。夜空に浮かび上がるポーポー様の絵は、高城くんが描いてくれた。真面目に部活に出ているだけあって、高城くんが描いてくれた下描きはとても上手だった。

「すごいね。港にある銅像より、高城くんの絵のほうがうまいみたい」

「あんなの、偽物の銅像だよ。本物のポーポー様の像は、山の奥にある」

高城くんが鉛筆でポーポー様の角を描きながら、こともなげに言った。

「えっ、そんなのこの島にあるの？」

「普段は社の中にあって、「山のもん」でも見ることはできないから。俺は小さい頃千代ばあちゃんが教えてくれて、こっそり見たけど、後で父親にめちゃめちゃ叱られた」

「いいなあ、見てみたいなあ」

「この島の伝説、信じてるの？」

「うん、半分くらい信じてる。だって、素敵だもん」

「そうかな」

高城くんは小さく笑った。珍しい表情だな、と思って見ていると、高城くんが顔をあげてこちらを見た。

「伊波も、祭りに参加するの？」

「……お祭りは、毎年家族で行くよ。お餅の入った豚汁、食べるのが楽しみなんだ」

「そっちじゃない。わかってるだろ。「モドリ」だよ」

高城くんの言葉に、私は声を潜めた。

「高城くん、この話、してるのがばれたら村八分だよ」

「大丈夫だよ。今日は大体の部活は外練だから、校舎にはほとんど誰もいない」

「……出るよ。親に通達がきた。高城くんは？」

「俺も出る」

息を呑んだ。この話を持ちかけられた時点で予想はしていたが、高城くんも「モドリ」に参加するのだと思うと、鉛筆を握った指先が震えた。

その震えを「モドリ」への怯えだと勘違いしたのか、高城くんが囁いた。

「逃げればいいのに。浜尾みたいに、仮病使って」

「……無理だよ。逃げられるわけない。この島のしきたりだもん。仕方ないよ」

「浜尾は、伊波と一緒に逃げようとすると思うよ。今日、どこにいるのか知ってるんだ」

「家じゃないの？」

「そのうち、伊波にも言うと思うよ。あの人、伊波のこと特別大事にしてるもんな」

「そうかな」

「しっ。足音がする」

言われて耳をすますと、廊下から微かに近づいて来る足音があった。私たちはさっきまでの会話がなかったかのように、再び絵を描き始めた。

私が模造紙に描いている新しい星座を見て、高城くんが訊ねた。

「それ、なに?」

「ポピ原人。これも島の伝説だから、いいかなって。私、この島のポーポー様とポピ原人の話、好きなんだ」

「へえ」

ポピ原人の髪の毛を黒く塗りつぶしながら、足音と笑い声が遠ざかって行くのを確認し、私は囁いた。

「……高城くんは、お祭り、逃げないの?」

「逃げられないよ。本当に、俺たちってたぶん、家畜なんだな。浜尾が言ってたみたいに」

高城くんの声が誰もいない準備室に響いた。しんとした準備室の中で、私は呟いた。

「波の音、聞こえないね」

学校は家よりも浜辺から遠くて、ここまでは波の音は聞こえない。高城くんは返事をせずに、黙って鉛筆を動かし続けていた。


祭りが近くなると、参加する家は仮面をつくる。ポーポー祭りに参加するのはおばあちゃんと、両親と私だ。母はこの島に旅行に来て、父と恋をして結婚した余所者なので、ちゃんと準備ができているか、馬宮のおばさんがさりげなく確認しにくる。

「あー、だめだめ、ポーポー様のお供えはもっといい餅じゃないと……ほらほら、仏壇の蠟燭はまっ白じゃないとだめ、うちの少し分けてあげるから」

母は「ありがとうございます」とにこにこ礼を言っているが、心底うんざりしているようだった。

馬宮のおばさんが台所にいるのを少しうっとうしく感じながら、私は居間で仮面を作っていた。仮面はすっぽりとかぶる形をしていて、紙でできた土台に、紙粘土を張り付けていく。粘土で三本の角を作って、乾かしたあと、真っ黒な墨で好きな模様をつけていく。「祭り」で何が行なわれるかは、だいたい知っているつもりだ。儀式が終わった後、自分がどうなってしまうのか、少し怖くもあったが、それよりも、高城くんも儀式に参加するということのほうが、私には不安だった。

角を乾かしているところで、スマートフォンが光った。見ると、花蓮からのメッセージだった。

『今、信号にいる。出てこれる?』

この島に信号は一個しかない。本当はその一個もあまり必要なくて、ほとんどの人が信号無視している。そんなものよりもっと祭りに予算を使ってくれと、父がよく愚痴っている。

私は台所の様子を窺った。母はまだ馬宮のおばさんへの対応に追われているようだった。

『すぐ行く』

私は財布と携帯だけポケットに入れて、そっと家を抜け出した。

信号に行くと、Tシャツにハーフパンツという部屋着のような格好に黒いカーディガンを羽織っただけの花蓮が立っていた。

花蓮はなんだか痩せたように見えた。前から細かったけれど、今の花蓮からは骨の形が浮かび上がって感じられる。

「どうしたの、花蓮？」

「見せたいものがあるの。誰からもつけられてない？」

「へいき。おばあちゃんは部屋に籠ってたし、おかあさんは馬宮のおばさんに捕まってた。見せたいものって何？」

「ついてきて」

花蓮は早足で海岸沿いの道を歩き始めた。私は黙ってその後について歩き始めた。

花蓮が向かったのは、海岸沿いにあるリゾートホテルの廃墟だった。

すたすたと割れたガラスから中に入っていく花蓮に、慌てて声をかけた。

「ちょっと待って。見せたいものって、この中にあるの？」

「こわい？」

花蓮は立ち止まって振り向き、私の手をとった。

「大丈夫。私が守るから」

花蓮と私は手を繋いで、花蓮のスマートフォンで薄暗い室内を照らし、割れたガラスを用心深く避けながら、奥にある階段をのぼった。

階段を一番上まであがり、廊下を進むと、花蓮が一番奥にあるドアの残骸に向かって声をかけた。

「篠塚さん、浜尾です。入りますね！」

「え、花蓮、ここに人がいるの？」

驚いて訊ねた私を安心させるように、花蓮が繋いでいる手を強く握った。

朽ち果てたドアの向こうからごそりと物音がして、メガネをかけた痩せた男の人が姿を現した。

「こんにちは」

男性は、私に微笑みかけた。私は戸惑って、花蓮の手を離して一歩さがった。

花蓮はそんな私をあやすように背中を撫でた。

「驚かせてごめんね、陸。この人、民俗学の研究者で、大学の先生の篠塚明さん。この島の祭りを研究するために、本島から来たの」

「こんな場所で、怪しいものではありませんというのは無理があるかもしれないですが、怖がらないでください。浜尾さんにここを教えてもらい、匿ってもらっているんです。僕は純粋にこの島の伝統と祭りを研究したくて来たんです」

差し出された手と、恐る恐る握手をした。近くで見ると快活そうな、普通の人で、確かに変質者というわけではなさそうだった。

「僕は大学でずっとこの島の研究をしています。いつか、「モドリ」をこの目で見てみたくて。でも秘祭なのでそれは無理だということを、ブログに書いていたんです。それを見た浜尾さんがメールをくれて」

「そう。私が呼び寄せたの。先生に「モドリ」を見せてあげるって」

「花蓮……！」

私は驚いて、繋いでいた花蓮の手を強く握りしめた。

「こんなこと、島の大人たちにばれたら殺されるよ。島の外の人に、「モドリ」を見せるなんて……！」

「いいじゃない。どうせ、このまま祭りに出たって、殺されるようなものなんだから」

花蓮は声を低くして言葉を吐き捨てた。

「私、あんな祭り、大嫌い。どうせなら篠塚さんにぜんぶ記録してもらって、世界中に向けて告発するの。こんな恐ろしい祭りが行なわれてるんですよって。これは私の復讐なの」

花蓮の剣幕に、私は怯えて後ずさった。

「そんなこと……許してくれないよ、島の大人たちに何されるか……」

「陸はいいの？」

花蓮はじっと、怖気付く私の瞳を見つめた。

「知らないの？　今年の「モドリ」、高城くんなんだよ」

息を吞み込んだまま、それ以上呼吸ができなくなった。

「……まさか、そんなこと……」

貧血を起こしたのか、まだ外から光は入ってきているのに、目の前が薄暗くなっていく。

よろめいた私を支え、花蓮が私の耳元で囁いた。

「知らなかったんだ。知ってたら、陸だって平気な顔でお祭りに出たりできないよね。だって、陸、ずっと高城くんのこと好きだったもんね」

どうしてそれを、と口に出すこともできず、薄暗くなった視界の中を溺れながら、その場にしゃがみこんだ。

「おい、その子、大丈夫？」

遠くから篠塚さんの声が聞こえる。「平気です、この子、貧血持ちなんで」という花蓮の落ち着いた声が響いている。

もう何も見たくなくて、強く目を閉じた。廊下についた人差し指が、冷たいガラスの破片にぶつかり、小さな痛みが指先を走った。

小学校のときからずっと、私の恋と発情は、高城くんのものだった。

誰にも言ったことはなかったのに、花蓮はいつから気がついていたのだろう。用心深く、私のどこからも、この発情の気配が漏れないようにしていたのに。

この島で、私にとって男の子は高城くんだけだった。他の子たちは、クラスメイトの男子であっても、異性ではなかった。私にとって、異性と感じられる存在は、高城くん一人しかいなかった。

この島を出たら魔法はとけるのかもしれない。大好きだった近所のあき姉ちゃんがこの島を出るとき、寂しくて泣いている私の頭を撫でてこう言ったことがある。

「私も寂しいけど、どうしてもこの狭い世界を出ないとだめなの。この島を出て、本当の恋をするの。いつか、陸ちゃんもいつかそうならないとだめよ。いつまでもこの島に閉じ込められていたら、呪われてしまうんだから」

私はこの島の呪いにかかっているだけで、島を出て広い場所へ行ったら、高城くんのことなど忘れてしまうのかもしれない。

でも、今の私には人生でたった一つの恋だった。

恋をしていることがわかったら、この狭い島ではすぐに噂話になってしまう。私は学校ではほとんど高城くんを見つめないように気をつけていたし、必要以上に話さないようにしていた。

それでも、ずっと夢をみていた。十四歳になって「モドリ」に参加しなければいけなくなる前に、高城くんと恋人同士になるという、淡い夢だ。連絡事項以外で話しかける勇気もない私に、そんな奇跡が訪れるわけがないのに。

もしも、万が一、恋人になることができたら、いつか二人で逃げよう。心の底では、本当はそう願っていた。その願いを、叶うはずがないと身体の中に閉じ込めていた私に、罰が下ったのかもしれなかった。


ポーポー祭りの三日目の夜、いよいよ秘祭「モドリ」が行なわれる段階になると、宿からはほとんどの観光客が消え、島には島の人間しかいなくなった。

「モドリ」は、島民以外は決して来ることのできない山奥の神社の社の前で行なわれる。祭りの間は、一言も、声をあげてはいけないことになっている。

まずは「狩り」を模した儀式が始まる。黒い着物を着て仮面を被った参加者たちは、大きな焚き火を中心に、火を囲うように円を描いて並ぶ。

仮面を被った皆はたいまつを手に取り、一人ずつ火をつけていく。全員のたいまつに火が灯ったら、焚き火のまわりをぐるぐると、裸足で踊りながらまわる。

やがて、輪の中央に、鮮やかな黄色の着物を着た、「モドリ」が連れられてきた。

「モドリ」は特別な赤い仮面を被っている。両手を赤い紐で縛られていて、家畜のように司祭に引かれて歩いている。

火の前にくると、司祭は「モドリ」を横たえた。「モドリ」はおとなしく、火の前で寝そべった。

司祭がさっと右手を上にあげると、太鼓の音が響いた。一発目の太鼓の音で皆は踊りをやめて、内側を向いて静止した。

ぼうん、と二発目の太鼓が鳴る。その音と同時に、たいまつの先を地面に擦り付けてたいまつの火を消す。

一斉に火が消えて、焚き火の光だけになった境内に、三発目の太鼓の音が響いた。たいまつを再び両手で、今度は剣をもつような手つきで構える。

どうん、と、一際大きな、四発目の太鼓の音が響いた。

皆が一斉にたいまつを振り上げ、「モドリ」に駆け寄った。

「モドリ」に群がり、獲物に向かってたいまつを振り下ろす。皆から殴られても、「モドリ」は呻き声ひとつあげなかった。

太鼓の音が鳴り響いている。この音が止まるまでは、「狩り」の儀式は続く。獲物に見立てた「モドリ」を皆で狩り続けなければいけない。

いつまでもたいまつを振り上げない私を不審に思ったのか、横にいる誰かが訝しげに仮面に隠された顔を向ける。仮面の奥で、ぎろりと疑惑の目が光ったような気がした。

私は目を強く閉じて、両手でたいまつを振り上げた。なるべく不審に思われないように、力を込めて振り下ろす。薄く目をあけると、「モドリ」へと私が振り下ろしたたいまつで腕の皮膚が破け、血が流れていた。

思わず後ずさりしそうになったが、私を追い立てるように、どん、と誰かの脚が私のふくらはぎに当たった。

「モドリ」への「狩り」に参加しない人間は、モドリと一緒に生贄になる。私は再びたいまつを振り上げ、「モドリ」へと振り下ろした。

何度たいまつを振り下ろしたかわからない。ぐにゃりと柔らかい感触や、骨に当たる硬い感触が、たいまつ越しに腕に響いてくる。

「モドリ」が血だらけになって動かなくなったところで、やっと太鼓の音が終わった。

「狩り」の時間が終わると、次は獲物を捕らえたことを讃える「狩猟祭」へと儀式はすすんでいく。「モドリ」の着物が剝がされ、青白い身体があらわになった。

まわってきた盃に口をつけて酒を飲み、自分たちも着物を脱いでいく。

着物を脱ぎ捨てた私たちは、仮面だけを身につけたまま、全員でまぐわうことになっている。

まぐわう前に、「狩り」で獲った獲物をそれぞれが食べていく。本当に「モドリ」を食べることはできないので、皆で「モドリ」に棒を突っ込むことがそのかわりになる。伝説のように、「モドリ」の肛門にたいまつを突き刺すのだ。

「カエレ！」

司祭が歌うように叫んだ。誰も声を出してはいけない中、司祭だけはこのとき声を出していいことになっている。

「カエレ！」

カエレ、というのが、山へ帰れという意味なのか、伝説のように人間の姿に還れということなのか、私にはわからない。司祭の声に合わせて、血だらけの「モドリ」に皆がたいまつを突き刺していく。

私は足の震えがとまらなかった。高城くんは生きているのだろうか。「モドリ」で人が死んだのは昔のことだとおばあちゃんが言っていたけれど、目の前の蹲った高城くんは、人間であることをやめて物体になったように見える。

私の裸の肩を、誰かがひきよせた。獲物の料理がおわって、ヒトたちのまぐわいが始まるのだ。

見回すと、周り中で、まぐわいが始まっていた。声を出してはいけないことになってはいるが、皆の獣のような息遣いが聞こえてくる。

肩に回された手に力がこめられた。私は血だらけの「モドリ」を見つめたまま、ぼんやりと身体の力を抜こうとした。

「島の外のもんがいるぞ！」

その時、司祭のものではない、甲高い声が聞こえた。

はっとして声のほうを見ると、篠塚さんが隠れているはずの木の影のほうへ、皆が走り出していた。

黒い影が逃げていく。カメラを持った篠塚さんに違いなかった。その影を皆がたいまつを放り出して追いかけていく。「殺せ！」「殺せ！」という男たちの怒鳴り声が聞こえた。

突然の騒ぎに呆然としていると、誰かが私の手をとった。

「陸、逃げよう」

「花蓮」

声は花蓮だった。仮面をつけているが、乳房の上に、前に修学旅行で見たことがある小さなホクロがある。

「高城くんが……」

私は血だらけになって横たわったままの高城くんへよろよろと歩み寄った。花蓮が私の手を引っ張る。

「だめだよ、あれは助けられない」

「いやだ、一緒にいく」

私は跪いて高城くんに触れた。息がある。ほっとして、「逃げよう」とその手を摑んだ。

高城くんは私だということがわかっているのかいないのか、司祭にそうしていたように、おとなしく立ち上がって、首から赤い紐を下げたまま私たちについてきた。

「こっち！」

花蓮に導かれ、私たちは神社を抜け出して山を走り始めた。

前を走る花蓮に言った。

「篠塚さん、大丈夫かな。見つかっちゃうなんて……」

「そんなの、計画通りだよ。だって、最初に叫んだの、私だもの」

わたしはぎょっとして、仮面をつけたまま走る花蓮に叫んだ。

「どうしてそんなこと……⁉」

「囮になってもらったの。いいんだよ、あんなやつ、善人面して、安全な場所から私たちの祭りを面白がってるだけなんだ。あいつ、たぶん殺されるよ。私たちはこのどさくさで逃げ切ろう。あっちに服を用意してる」

私には花蓮がわからなくなっていた。私の前を走っているのは、本当に私の幼馴染の花蓮なのだろうか。

高城くんは、血を流しながらも、なんとか私たちについてきていた。

とにかく、この夜を抜け出すんだ。私たちは、それから一言も喋らず、闇の中を裸で走り続けた。

Ⅱ

窓の外に東京湾が見える。

海は嫌いだ。潮の匂いを嗅ぐと、故郷を思い出す。

私は水槽の中に砂を入れて、蟻を中に数匹入れる。

いつから、蟻を育てているのかは忘れてしまった。夫と結婚するとき、服も家具も全部処分することになったが、「これだけは持っていかせて」と言ったのを覚えているので、それより前であることは確かだ。

飼うというより、取り替える、という感覚が近い。学生時代、似たようなことを友人がしていて、興味をもって始めたまま十五年が経つ。

小さな水槽の中に蟻を入れる。餌を与え、いつのまにか動かなくなっている。死んでいるのを確認すると、新しい蟻を探しにいく。

白い砂の中で、同じ形をした蟻が、少しだけ大きさを変えながら、ずっと存在している。人間も、こんなふうに、見えない大きな手に取り替えられているんじゃないのかな、と考えることがある。

蟻の祖先は二億年以上前からいるという。霊長類は七千万年。古代の蟻は、今ときっとちがう形をしていたのだろう。いつ、どんなふうに変わったのだろうか。これが完成形ということはないだろう。いつか、さらに形を変えるのだろう。それは、ゆっくりと訪れるのだろうか。それとも、突然変異なのだろうか。私は、変化の瞬間が見たくて、ずっとこの行為を続けている。

こうしているうちに、ある日、分裂して増えたり、穴ではなく竪穴式住居をつくったり、なにか思いがけないことを始めるのではないか、と想像している。蟻は、たった七千万年しか存在していない私をあざ笑うように、形を変えずに、今日も水槽の中を動き回っている。

「ただいまあ」

夫の声がして、私は「おかえりなさい」とソファに寝そべったまま声をかけた。

つい半年前までは大変だった。いかに妻が家庭的で素晴らしい手料理を作るか、ということが「勝ち組男性」のステータスになっていたので、私も料理教室に通い、毎日豪華な料理を作り、SNSにアップロードしなくてはいけなかった。

けれど、「勝ち組男性」の人物像には流行がある。もう少し前は、「勝ち組男性の妻」は自立していて、会社を起業しなくてはいけない、と夫の会社の社長であるタカヤさんにさんざん言われ、ペット用のアクセサリー小物のデザインをさせられて気が重かったが、だんだんとそれも古くなって、今はナチュラルさが重視されるようになった。

夫と結婚した当時は、妻の血筋が重視されていた。たまたま、私の母は私が育った島の外の出身者で、血筋はよかったことで結婚したが、時代の変化に合わせて「勝ち組男性の妻」も変化していかなければいけないことまでは、考えていなかった。

今は今までで一番楽かもしれない。美人よりも素朴で、家の中でアート作品を作り夫を癒す妻というのが流行の兆しがあるらしく、私は広いマンションの一部屋をアトリエにして絵を描いていた。幸いなことに、美術部にいたこともあり、元々絵は好きだったので、楽しんで描くことができていた。

夫は、ソファに寝そべった私と、ゴミ箱の中の砂を見て呟いた。

「また入れ替えてるの?」

夫がうつろな目で私の手元を見つめる。

「うん、全滅したから」

「別にいいんだけど、家に客が来るときは隠してね。特にタカヤに見つかったらすぐに捨てられちゃうよ」

「わかってる」

「まあ、陸に趣味が少なくて、助かってるけど……。俺も、本当はこんなインテリア嫌なんだ。数年前の北欧風のインテリアが好きだったなあ、今はなんでこんな、ぴかぴか光った家具ばかり流行ってるんだろう。会社からは、あと数年したら引っ越すかもしれないって言われてるし」

「あ、そうなんだ」

「なんか、タカヤ的には、龍ケ崎区って、もう、本当の成功者が住む場所としては古いんだって。高級住宅地っていうイメージが最初からバーンってつきすぎたらしいんだよね。けっこう気に入ってたのに、また引っ越すの、やだなあ」

夫は千葉のヤンキーで、地元の友達のタカヤさんと一緒にマルチの会社を立ち上げて一儲けし、そのお金で似たような会社を何度も潰しては立ち上げる生活を繰り返している。夫はそんなに頭が働くほうではないが、いかにもお人好しそうな顔立ちで、人から信頼されるタイプだ。そこを買われて、「勝ち組男性」を演じ続けるように会社の社長であるタカヤさんから命じられている。

「本当は、引きこもりメンタルなんだよね。酒も嫌いだし、車も家も興味ないし……。お金さえあれば、家でずっとソシャゲしてたいよ」

「こっそりやればいいじゃん」

「俺のスマホ、会社に管理されてるんだよ。余計なアプリ入れられないんだ」

「かわいそう。はい、私のスマホで好きなだけソシャゲやっていいよ」

「やったあ、ありがとう」

夫は満面の笑みで私のスマホを受け取った。

夫の会社のやっていることは詐欺や洗脳に近いことなので、「成功者のモデルケース」を演じ続ける夫は騙す側の悪人だと思うのだが、こうしてしゅんと背中を丸めて『わくドキモンスターズ』をやっているのを見ると、あまり嫌悪する気にもならなかった。

夫は、会社の業態が何であるときも変わらず、「二年前にこの事業を始めて成功した人」をずっと演じ続けている。だからそんなに擦れていなくて、少しとぼけたところのあるような人でないといけない。そんな嘘は、何年もいる人にはわかってしまうじゃないかと思うのだが、会社に騙される期間はせいぜい二年くらいで、更に騙され続ける人はもっと値段の高い違う詐欺のほうに移動させるから大丈夫なのだそうだ。詐欺の入り口には、こんな人の良さそうな人がこんなふうに成功してるんだ、という油断ときっかけを与えてくれる人がいると、警戒心が解けるのだ、とタカヤさんが偉そうに言っていた。

「情けないなあ。自分の好きなゲームすらできないなんて。俺なんて、結局は、「成功者」という概念の入れ物なんだ」

「まあいいじゃない、会社のお金で、タダでたくさん旅行にも行けるし……」

「旅行なんて大嫌いだ。俺は部屋でずっとゲームしていたい。年に四回の海外、五回の国内旅行をしなければいけないノルマなんて、苦痛なだけなんだ……」

「かわいそう」

会社では高いお菓子しか食べられないというので、夫に駄菓子の入ったスーパーの袋を与えると、嬉しそうに食べ始めた。

「これ、これ。この、夏休みが続いている感じがいいんだよなあ……」

「女遊びのノルマは大丈夫？」

「うん、それも去年まではかなりきつかったけど、この前、外国のセレブが幼馴染の女性と純愛結婚しただろ。それをきっかけに、今は愛妻家が流行ってるみたいだから、愛人を三人作って月に五回セックスするノルマもあんまりチェックされなくなってきたんだ」

「そうなんだ、よかったね」

この家の中のインテリア、食器、家電、洋服などは会社が定期的にチェックして支給してくるので、私たちの趣味ではない。

私たちが住んでいる龍ケ崎区は、数年前まで存在しなかった埋め立て地だ。都心近くで海が見えて安全、ということで完成前から金持ちが土地を買い占め、一気に高級住宅地へと進化した。新しい街なので新しい店しかないし、商店街とされている場所も美しいデパ地下のような感じだ。私は千久世島を思い出させる波の音が煩わしかったが、夫はそれが気に入っているようだった。

「今年はさ、会社のほうで二週間海外に旅行があるんだ。だから、その間に国内旅行のノルマをクリアしておいてくれるとありがたいんだけど」

「うーん」

「久しぶりに実家の千久世島とかどう？　タカヤ的には、帰省だけだと旅行にカウントされないけれど、友達を連れて、数日間ゴージャスな時間を過ごしたら旅行ってことにしてもいいらしいんだ」

「あの島はちょっと、あんまり。国内でどこかいいとこないか、考えてみる」

「ありがとう、助かる」

夫はそのまま私のスマートフォンの中に没頭してしまった。ガチャを引く音が何度も響く。

退屈なのは確かだった。気晴らしに外で働いたりできたらいいが、自社ブランドの立ち上げ以外はみとめないと、タカヤさんにきつく申しつけられている。私たちの生活のすべてをプロデュースしているタカヤさんを少し薄気味悪く思いながら、私は、友人の花蓮を旅行に誘おうかと考えていた。

外に出ると、夏の日差しの中で、龍ケ崎区の美しい街並みが光り輝いて見える。私には、この光景がなんだか全部嘘のような気がしている。この光景の外で、タカヤさんのような人が、全部を作って笑っているような気がしてならない。今も、どこかから見られているような気がする。お前が住んでいるのは馬の糞で作った偽物の高級住宅地でしたあ、なんて言いながら、だれかが飛び出してきて自分をあざ笑うような気が、ずっとしている。

それは、自分の思春期の経験のせいだと思う。

私は友達の花蓮に会いに行くために電車に乗った。花蓮は大学を卒業したあと大手の会社に就職したが、あまりにブラックだったので会社と喧嘩をして辞め、今は都内でカフェをやっている友人の店を手伝っている。

カフェに着くと、ちょうど昼のピークが終わったところだった。鬱陶しい客が多いからと、伊達眼鏡をかけて働く花蓮は、私が小さく手を振ると表情を緩めた。

「珍しいね、こんな時間に」

「うん、ちょっと通りかかったから」

「通りかかる？　龍ケ崎区に、いくらでも素敵なカフェなんてあるでしょうに」

「ここのかぼすオレンジティーが飲みたかったの」

私の言葉に、花蓮は笑って、注文票に綺麗な字で「かぼすオレンジ」と書き込んだ。

「花蓮は、夏、予定あいてたりする？」

「うーん、この辺はビジネス街でお盆はお客が来ないから、店も休みみたいなんだけれど。特に予定は決めてないかな」

「じゃあ、どこかに旅行しない？　お金は私、というか夫の会社が出すから」

花蓮はため息をついた。

「例のノルマね。旅行するのはいいけど、自分の旅費は自分で払うわよ」

「そうだよね」

花蓮のしっかりしたところは、昔から変わっていない。

「どこか目星はつけてるの？」

「全然。夫は、千久世島に帰ったらどうかって言うんだけど」

花蓮は盛大に顔をしかめた。

「帰るわけない、あんな場所」

「だよね」

私も頷いた。花蓮の前で迂闊なことを言ってしまった。私たちは、あまり、自分たちが育った小さな島のことを話さないようにしていた。


私と花蓮は、千久世島という小さな島で育った。

私はその小さな島を古い儀式やしきたりに縛られた島だと、信じて疑っていなかった。

十四歳になったら自分は秘祭「モドリ」に参加しなければいけないと信じ込んでいた。

あの日、真剣に逃げたことを忘れていない。引き戻されたら、自分の純潔は粉々にされると思った。

隣の無人島にたどり着いたところで、私たちはすぐに捕まった。子供のころ、みんなで度胸試しに海に飛び込むのによくよじ登っていた、小さな崖の下だった。

私は舌を嚙み切って死ぬつもりだった。意識をなくしていた高城くんはすぐに病院へ搬送され、私と花蓮は社務所に連れていかれた。てっきり叱られると思っていたが、自警団のリーダーの健吾さんに、

「いやあ、悪かったなあ」

と頭を下げられ、あっけにとられた。

「あの、儀式はどうなりましたか？　私たちのせいで、中断してしまって……ポーポー様、怒ってるんじゃ……」

「ああ、へーき、へーき。実はさ、これ、黙ってて欲しいんだけどさあ。あのモドリは、俺らの代がつくったんだよなあ。ちょうど、俺らが二十四、五歳のころかなあ。ポーポー祭りなんてやってみても全然流行らないしさ、本当のモドリは限られたものしかできないって爺さんどもに言われて、つまんなくてさあ」

「え、つくったって……？　どういうことですか？」

「いや、主犯者は俺じゃないんだけどさ、最初に言ったのは。義則じゃねえか？　な

んかさ、社務所で『エロコミ天国』読んでてさ、秘祭ものってよくね？　って話になったのよ。なんか、あのころ流行ってたんだよな。村の女が裸になって一列になってエロいことされるとか、生贄になった女を村の男みんなで抱くとかさあ」

「俺じゃねえって！　則雄じゃねえのか、そういうこと言い出すのは！　それでさ、なんか、適当にそういうモドリがあるってことにしたら、中学生の処女をまとめてエロいことできるんじゃね？　って話になってさ」

「村のジジイも、いいなそれ！　って言ってさ。父ちゃんもばあちゃんも止めなかったもんな」

「そうそう。村のもん、みんな共犯なんだよ」

私は驚いて口もきけなかった。花蓮が震える声で言った。

「え、じゃあ、モドリなんて存在しなかったってことですか……？」

「いや、爺さんたちの話じゃ、昔は本当にあったみたいだし、今も限られた奴らはやってんのかもしれないけどさ。俺らはしらねーよ、あのモドリは俺らが『エロコミ天国』見て適当につくったやつだから」

社務所に散らばっている『エロコミ天国』を見ると、触手やら痴漢やらをテーマにした漫画の中に付箋が貼ってあるページがあり、開くとそれはすべて、健吾さんの言う「秘祭モノ」だった。「決して部外者は立ち入ることができない……村の男たちの精液がうなる！　女の喘ぎ声が神に捧げられる、それは、秘密の儀式……！」と表紙に書かれた漫画や、「妖しい秘祭……山奥の村に紛れ込んだ旅人が出会う村の秘密……！」だの、さまざまな漫画家がそれをテーマにしたエロ漫画を描いている。社務所の奥の方を覗くとそこにも、秘祭を舞台にしたエロ漫画の切り抜きやアダルトビデオが散乱していた。一つをページを捲って読んでみると、男の子を殴るというところ以外はそっくりだった。

「信じられない……！」

「いや、なんかこんな島に住んでるとさ、こういう企画ものがけっこうリアルでさ、流行ってたんだよな、あのころ」

「そうそう。社務所にこっそりコレクションしてみんなで観てさ。それで、これ、この島なら本当にやれるんじゃね？　って、誰かが言い出したんだよ」

「なんかそのまま盛り上がって、「エロモドリ」やっちゃおうぜって話になったんだよな」

「そうそう。そのとき中学生だった子を騙してさ。それが意外とうまくいっちゃって。ちょっとビビったけど、そのまま つづけてたんだよな」

唖然としている花蓮の横で、私は健吾さんに食ってかかった。

「あの、じゃあ高城くんはなんで殴られたんですか？」

「いや、最初はさ、特に生贄とか、そんなのなかったんだけどよ、エロいことだけだと疑われるし、まるで俺らがエロいみたいじゃん？　ちょうど、馬宮の家のばあちゃんが、じいちゃんとあの家のばばあが不倫しててムカつくって言うからさ、ちょっとリンチも混ぜたんだよ。あの家はさあ、山のもんのくせに干し魚で妙に儲けてさ、みんなムカついてたんだよ」

「最低！　最低！」

花蓮は叫んで、健吾さんに殴りかかった。

「犯罪者！　絶対に許さない！」

「まあまあ、たしかに犯罪だけどさあ。お前らだってさあ、儀式ならしょうがないって思って諦めてたわけじゃん」

「そんなことない！」

私も叫んだ。

「花蓮も私も、命懸けで逃げようとしてた！　こんな、島ぐるみの性犯罪……絶対に許しません！　健吾さん、最低だよ！」

「でもさ、本当じゃなかったからそんなに怒ってるわけだろ？　もし本物の祭りだったら、残酷な儀式ではあるけれど、少なくとも俺たちに罪はないって思ってくれてたってことじゃんか」

則雄さんが頷く。

「そう、あれはさ、もちろんエロ目的もあったけど、俺たちなりの哲学的問いかけなわけ。儀式を心から信じたら人間はどこまでやるの？　っていうさ」

「気持ち悪い！」

花蓮が叫び、足元の『エロコミ天国』を健吾さんたちに投げつけた。

「死ね！　死ね！」

「死ね！」

吐き気をこらえながら、私も叫んだ。幼い私たちの怒りなど、すぐに力で鎮められるとでも言いたげに、投げつけられた『エロコミ天国』を片手で受け止めながら、健吾さんたちが笑った。

「あいつらに話してても、意味ないよ。もっと大人の人に訴えよう」

花蓮の言葉に同意し、私たちはすぐに駐在所へ行ったが、警察の人も、

「あー、エロモドリなあ。まああれはなあ、俺も若い頃参加しちまったしなあ。村の若いもんの伝統的な悪ふざけみたいなもんだからさあ」

となだめられ、ろくに話を聞いてくれなかった。

エロモドリのことを知っていたのかと親を責めたが、「あんな祭り、信じるほうが悪いんだ。もっと村おこしに真面目になれ」と父には怒られ、母には、「とにかく男衆の言うことはね、笑って許してやらないと。それが千久世島のいい女ってもんなんだから」と言われた。

健吾さんには何度も抗議に行ったが、子供の私たちが何を叫んでも、仲間たちと顔を見合わせて笑うだけだった。

「陸ちゃん、そう怒るなって。でも、本物のこういう祭りだってさ。こういうノリで

生まれたものって、けっこうあると思うぜ？　若い子とセックスしたいから生贄にしちゃおうとか、どうせなら裸がみたいとか、単にムカつくやつ殴りたいとか、なにかにかこつけて腹一杯食べたいとかさ。それで適当につくった祭りが、引っ込みつかなくなって伝統の素晴らしい祭りとしていつまでも行なわれてることって、本当はけっこうあるんじゃね？」

「俺ら、きっと縄文時代の集落でも似たようなこと思いついたもんな」

何度必死に訴えても「冗談」にしてしまう島の人間たちに絶望し、花蓮は島の男性たちと、もう口もきこうとしなかった。

私は、生まれてからの自分の宿命で、絶対的に従わないといけないと思っていたものが、本当には存在していなかったことに愕然としていた。

それから、花蓮はすぐに東京の高校に進学し、外国の大学へ留学した。私もそうしたかったが、花蓮ほど頭がよくなかったので、せめて島の外の高校に通いながらしばらく耐えた。大学受験を死ぬ気で頑張り、東京の大学に進学した。

高城くんは島の病院を出た後、島を引っ越してしまい、それ以来会っていない。真実を知った彼が、自分が嘘の祭りの生贄になって、棒で殴られ殺されかかったことを、どう受け止めたのかわからない。怒りにかられたのか、脱力したのか、両方なのか。私は、彼がもう島の偽りの呪いから解放されて健康に生きていることを願うことしかできなかった。

私は、いいお兄ちゃんのように思って慕っていた健吾さんのいやらしい笑い声が忘れられず、男性嫌悪が酷く、大学でもできるだけ異性と口をききたくなかった。

友達に強引に連れていかれた婚活パーティーでタカヤさんに声をかけられたのは、大学を卒業してしばらくしたころのことだった。気に入った人に渡すチャンスカードに、「男性が苦手でも大丈夫な相手をお探しですか？　もしよければいい人を紹介します。」と書かれていて、気になって連絡した。

タカヤさんによると、私の話から母方の血筋がかなりいいことを察して、夫の相手にちょうどいいと思ったらしい。

そのまま休日に呼び出されたベローチェで見合いをして、結婚した。夫も私も誰でもよかった。強いて言えば、無理にセックスをしなくてもいい、と事前に言われたことが、私にはとても楽だった。

タカヤさんの会社のことは、あまり好きではない。デートの帰り、夫はいつもゲームセンターでUFOキャッチャーをやっていた。淡々と何万円もつぎ込むので、最初はびっくりしたが、ストレス解消だと言われて同情した。そのころの「勝ち組」は今よりずっとたくさん若くて美しい女とセックスしなくてはいけなかったので、本当に大変だったのだと思う。コンドームに入れるために、絵の具や片栗粉を使って、偽物の精液を作ることができないか二人で試行錯誤したこともあったが、愛人にもタカヤさんにもすぐバレて、しこたま怒られた。

夫との生活はそれなりに快適だった。性的に嫌な気分になることもなく、タカヤさんに言われるままに「勝ち組男性の妻」を演じ続ける。自分も詐欺に加担しているのではないかと思うと気が滅入ったが、夫は外見だけでなく中身も本当にお人好しで、兄弟のように仲良く暮らすことができた。

けれど、ポーポー様を強烈に信じていたあのころの自分が、たまに懐かしくなる。

今の私は、なにもかもを疑いながら暮らしている。何かを信じるということは、何も考えないということだ。そのときの自分に戻りたいわけではないのに、あの頃は楽だったなあと、たまに子供時代を思い出すのだった。

「店に、高城くんっぽい人がきたんだよね」

花蓮の働くカフェを再び訪れランチを食べ終わったころ、デザートを運んできた彼女にそう言われ、わたしは仰天した。

「ええっ⁉」

「親といっしょにご飯食べにきてた。高城くんだけなら自信ないけど、親も似てたから」

「そうなんだ……元気そうだった？」

「怪我の後遺症とかはないみたいだったけど。なんか、少しだけ聞こえてきた話では、高城くん、引きこもりみたいだった」

「そうなんだ。心のショックが大きかったのかな」

「なんかさ、あの家族、ポーポー様をまだ信じてるっぽいんだよね」

「えっ？」

「健吾さん、あの家族にはネタばらししなかったのかも。セットのお客様にサービスで短冊配って、七夕やってるんだけど、「ポーポー様のご加護がありますように」「モドリが無事に行なわれていますように」「ポーポー様にとって幸せな一年でありますように」って、家族三人そろって、そんなこと書いてたんだよね」

「うそでしょ」

私は短冊を確認したが、たしかに綺麗な字で三枚、そういう短冊がぶら下がっていた。

「どれが高城くん？」

「わかんないけど。教えてあげないとかわいそうだよね。いつまでも、儀式を邪魔したって気に病んでたらありえない。あんなの、あいつらの最低な嘘なのにさ」

次来たら連絡先きいてみるよ、と花蓮が言った。短冊を触った私の指は、あの日のように痺れていた。高城くんが、まだ、「モドリがある世界」に住んでいるということを、受け入れたくなかった。

「陸さん、やっぱさ、夏休みに里帰りしてくれない？」

タカヤさんから連絡があったのは、その日の夜だった。

「旅行のノルマ達成してないよね。旦那も後から合流させるからさ、ちょっとリゾートっぽい写真撮っといてよ。あんたら夫婦はみんなの「理想」じゃないといけないんだからさ。ちゃんとそのために会社から予算おりてるんだからさー、そこの任務は果たしてくれないと」

「わかりました」

ため息をついて、私は電話を切った。少し悩みながらメッセージアプリで花蓮に連絡すると、「了解、いいよ」と返事があった。

「その代わり条件といってはなんだけど、陸が嫌じゃなければ、高城くんも誘わない？」

「えっ⁉」

私は急いでメッセージを送った。

「連絡とれるの⁉」

「まだとってないけど。あれから、店長やってる友達に聞いてみたんだけれど、彼のお母さんがお店の常連らしいの。近くに住んでるみたい。引きこもりしてるんだって。うちのそばのコンビニでバイトしても続かなくて、一日でばっくれたみたいよ」

「そうなんだ」

「友達、お母さんに頼られちゃってるらしくて、息子をアルバイトで雇ってくれって言われて、困ってるみたい。うち、人足りてるしね。引きこもりなおすためにも、あの島の現実みたほうがいいかも。三人で逃げたときから、高城くんの時間、止まっちゃってるみたいなんだもの。どうせなら三人で帰らない？」

それは甘美な提案だった。高城くんにもう恋愛感情はないが、ずっと、彼ともう一度話してみたいと思っていた。

夫に経緯を話すと、「タカヤ的には、浮気もしてくれて大歓迎、モテる嫁が今ブーム、ってことみたいなんだけど」と言われ、顔をしかめて断った。

私と花蓮と高城くんは、東京駅で待ち合わせた。

久し振りに会う高城くんは、少し気味が悪いくらい、昔と変わっていなかった。少し背が伸びて肌が老けているが、髪型や表情がまったく同じだった。初恋の人と再会したというのに、祭りの夜から冷凍保存されている人間に出会ったようで、背筋が寒くなった。

「名古屋で乗り換えて、あとは一本だからね」

子供に言い聞かせるように、花蓮がチケットを高城くんに渡した。

「ありがとう」

「港からは、昔は安い船だと八時間くらいかかったけどね、今はジェット船で二時間弱だから」

「近くなったね」

思わず言うと、花蓮が目を細めて私をみた。

「陸ったら。島が近くなったわけじゃないわよ、あそこは昔のまま」

「それはわかってるけど」

花蓮が中学生のころのように私を子供扱いするのが、くすぐったかった。高城くんが再び現れたことで、私と花蓮の時間も、二十年前に戻ったみたいだった。

船が動き出した。酔いやすい私はデッキに出て風に当たった。

本島が見えなくなり、水平線しかない光景へと変わっていく。

子供のころ、海の向こうには本島なんてなくて、この星には海とこの島しかないと空想していたことがあった。高校を受験するために初めて島を出たとき、水平線しかない世界をみて、一瞬、自分の空想が本当だったのではないかと思った。しばらくすると、海の向こうに学校で習ったのと同じ配置で本島が見えてきて、がっかりしたのをよく覚えている。

今の私は、この海の向こうに、自分が育った島があることをうんざりするほどよく知っている。あの島に、こんな形で帰ることになるとは、思ってもみなかった。本当は、あの夜、死んでしまえば楽だったのかもしれない。ポーポー様を信じたまま死んでいれば、何も知らなくてよかった。今は、私が信じていたすべてのものが汚されていて、汚れていないものを自分の人生にほとんど見つけることができないのだった。

花蓮の言った通り、島まではあっという間だった。高校の時は毎日、片道四時間かけて船で通っていたので、それに比べると夢みたいだ。

港では、思ったよりたくさんの人が船から下りていった。

「陸、船酔い、大丈夫？」

「うん。ジェット船、あんまり揺れないね。それに、風が気持ちよかったから」

花蓮に背中を撫でられながら港に下りた私は、呆然として立ち尽くした。

港にはポーポー様のキーホルダーがたくさん売っているお土産屋さんや、島の名物のもずく定食が食べられる食事処があったはずなのに、すべてなくなっている。代わりに、わざとらしく古ぼけたように薄汚れさせた木造の建物が並んでいた。

港にはポーポー様の銅像があったはずなのに、それも撤去されている。「ようこそ千久世島へ　ポーポー様とポピ原人に会える奇跡の島」という看板も、どこにもない。

港には祖母が迎えにきていた。

「陸も花蓮ちゃんも、大人になったねえ」

「おばあちゃん、どうしたの、この港の光景？　全然変わってるじゃない」

「しっ。大きな声で言うんじゃないよ。観光客が見てるだろうが」

にこにこしていた祖母が、突然険しい顔になって囁くので、思わずびくっとして言葉を呑み込んだ。

「ファンタスティック！」

海外の観光客がそう叫び、港の写真を撮っている。若い女の子たちのグループもたくさんいて、熱心に写真を撮って回っていた。

島の人たちは、縁側に座り、タオルで汗を拭きながら、まるで見せつけるようにわざとらしく、赤いお茶を飲んでいる。珍しそうに眺める観光客に、外にお嫁に行ったはずのあき姉ちゃんが、「これはねえ、この島の名物の赤虫茶です。飲んでみますかあ？」と明るく声をかけていた。

「まずは社務所へ行って、みんなに挨拶せえ」

祖母がすたすた歩き出したので、私は慌てて後をついていった。

「あ、私はこのまま家に向かいます。陸、あとで連絡するわね」

軽く手を振って、花蓮は家のほうへと歩いて行った。

古びたように加工された木の看板に、島の地図が描かれていた。立ち止まってそれを眺めて、私は仰天した。

「海のもん」が暮らしていた辺りには「男族の村」とあり、「山のもん」が暮らしていた辺りには「女族の村」とある。

「え、神社の場所がぜんぜんちがう。ここ、登山者のトイレだった場所でしょ⁉　あの、「神の岩」は⁉　ポーポー様が宿った、あの……」

「捨てたよ」

祖母に言われ、もうモドリなど信じてないはずなのにショックを受けた。

「捨てることないじゃない、たとえ嘘でも、みんなで祈ってた岩なんだから……お正月も、雪の中みんなで岩を一晩中守って……」

「だって見栄えがわりいんだもんよ。伝統プロデューサーの榊さんに来てもらってさ。島の伝統を全部新しくつくってもらったのさ。もずくじゃあねえ、村おこしも無理だからって。でもね、今じゃ、離れ離れになった恋人が最後に食べたのがもずくだっていう伝説がけっこうウケてね、それを再現したっていうもずく料理が大人気でね」

祖母はなんだかうれしそうだった。

「土産物屋なんてね、ないほうがそれっぽいって、榊さんが仰ってね。ああ、あんた榊さんにちゃんと土産持ってきたろうね？　あとで挨拶にいくんだよ」

「いや、そんな人、知らないし、挨拶する義理もないし」

「あんたね、だめだよ、この島はあの人のおかげでこんなに観光客も来ることになって、本当にありがたいお人なんだから。海老持って行きなさい、海老！」

うんざりして「とにかくすぐ家に帰るから。高城くんも旅館にチェックインするでしょ」といった。高城くんの家はもう売り払われたそうで、今は島の郷土料理を出す飲食店になっていると聞いた。

「社務所にだけでも寄って行きな」

祖母に連れられ、社務所に行くと、そこではみんな赤いお茶を飲んでいた。信心深くて私たちによくポピ原人の話をしてくれた、大好きだった千代ばあちゃんが、向こうでせっせと、さっき港で見た赤いお茶を淹れている。その隣には健吾さんの姿も見えた。口を利きたくなくて、私は高城くんの後ろにそっと隠れた。

「この赤いお茶、美味しがって飲まないといけないんかねえ」

「榊プロデューサーの言うことだからね。美味しいものより忘れられないものをって、榊プロデューサーいつも言っとるでしょう」

「ああ、久しぶり。ここは観光客が来ないから、自由に話していいよ」

健吾さんが私たちに向けて声をかけた。私は話すだけで汚れる気がして、目も合わさず返事もしなかった。

祖母に湯のみを渡され、赤いお茶をそっと啜る。ラー油を溶かしたお湯の味がした。

「プロデューサーが、あと三〇〇〇万あれば秘祭つくってくれるって。素人が考えるような乱暴なのじゃなくて、もっと、エモい感じのにするって言ってくれてるらしいのよ」

「エモいってなんだ？　若い奴らの言うことはよくわからないなあ」

「わかんないけれど、三〇〇〇万で秘祭ができるなら安いもんだなあ」

「榊プロデューサーはかなりの敏腕だから。九州のほうの小さな村がね、やっぱり、すっごくいい秘祭つくってもらって、今では観光客でいっぱいだって」

みんながウキウキ話しているのが、薄気味悪くてしょうがなかった。赤虫茶は辛くて、口の中がべたべたする。私はこっそりお茶を窓の外に捨てた。高城くんは、「おいしい」と呟いてお茶を啜っていた。

社務所で話し込む祖母にしびれをきらして、とにかく荷物を置くからと、私と高城くんは外に出た。

見慣れた光景なのに、ポーポー様もポピ原人の痕跡も消え去っている。信じられないが、島を歩き回ると、地形は同じだ。よくみると、私たちが信じていたころの神社の跡もある。崖の下に岩が捨てられていた。みんなで祈っていた岩だ。

「ぜんぶプロデューサーの仕業なんだ」

私が呟くと、高城くんが「どうしたんだよ、伊波」と不思議そうに首を傾げた。

「だって高城くん、この島、見てよ……！　やっぱりこの世のすべては、プロデューサーの仕業なんだよ。私が住んでいる高級住宅地で家賃を一五〇万円もとられるのも、よくわからない健康食品やファッションが流行るのも、へんな音楽が流行って街のあちこちから一斉に聞こえてくるのも、なにもかも……！　ぜんぶぜんぶ、影にプロデューサーがいるんだ!!」

「考えすぎだよ……そりゃ、この島は、昔の面影があんまりなくなってしまって寂しいけどさ。でも、俺たちが信じてたポーポー様は、絶対にいるんだ」

「高城くん、正気⁉　こんなに何度も騙されても、まだそんな間抜けなこと言ってるの⁉　ポーポー様もきっとプロデューサーの仕業だったんだ！　この世界のすべての裏側で、プロデューサーが笑ってるんだよ！」

摑みかかって叫ぶ私を、高城くんは無表情で見つめていた。


「神さま」のことをいつから信じていたかは、覚えていない。

子供時代、祖母は家で、いつもポーポー様を祭った祭壇に祈っていた。私も毎日、朝ごはんの前と晩ごはんの前に、ポーポー様とご先祖様に祈った。

お正月に玄関に藁を敷き詰めてその上に氷で作った大きな皿を置き、ポーポー様の好物のタコの刺身を入れるのも、雪の中で一晩中、島の人間が交代でポーポー様が宿った岩を見張って守るのも、ポーポー様が残したという山の上の真っ黒な遺跡に決して触ってはいけないのも、毎晩十時にはポーポー様が島を歩き回るので、縁側に豆を置いて感謝するのも、お盆には真っ白な浴衣を着て祈り、ご先祖様を連れてきてくれるポーポー様のために縁側から仏壇まで塩を撒いて真っ白な道を作るのも、まったく疑ったことはなかった。

「ポーポー様に叱られるよ」

悪いことをすると、両親も祖母も、大人たちはみんな、口を揃えてそう言った。学校の男子がカエルの肛門に爆竹を入れて爆発させてあそんでいたときも、クラスの女子みんなで、「ポーポー様に叱られるよ!」と注意した。それを言われると、怖くなって多くの子が悪いいたずらをやめた。俺はそんなの平気だよ、といきがる子もいたが、その子が翌日、山道で転んで骨折したときは、「ポーポー様の祟りだ」とクラスの誰もが疑いもなく信じた。

私は誰よりも信心深かった。だから「モドリ」だって仕方がないと思っていたのだ。「観光地としていまいち盛り上がらない」という理由だけで、ポーポー様を捨てていいのだろうか? こんな風に思う私の内側には、まだポーポー様に対する信仰が焼き付けられているのだろうか?

「お帰りがちゃ」

母にそう出迎えられて、私は戸惑った。

「それにしても旦那さんを置いてねえ、一人で里帰りなんて、あんまり感心しないがちゃ。しかも高城んところの息子さんを連れてねえ。ご近所になんて言われるかわかんないがちゃ」

「あの……」

「なんだがちゃ？　古臭いことを言うっておかあさんのことをまた責めるつもりがちゃ？」

「あの、そういう話の前に、その「がちゃ」ってなに？　おかあさん、そんな喋り方しなかったでしょ」

「ああ、これねえ。榊プロデューサーが、方言があったほうが「ぽい」からって仰ってねえ。この島って、わりと標準語に近いというか、方言があんまりないでしょ。やっぱり、そういうのあったほうが雰囲気がでるって言うからね、みんなでやることになって、観光客が見てないところでもなるべく使うようにしろって言われてるのよ」

「おばあちゃんも、社務所でも、みんなそんな言葉使ってなかったよ？」

「ああ、あそこはねえ、観光客来ないから。おばあちゃんにも言ってるんだけどね、ぼけてんのかね。榊プロデューサーは社務所でもちゃんと使えって言ってるんだけどね」

「その榊プロデューサーって人、なんなの？　その人のことそんなに信頼して大丈夫なの？」

「わかんないけど、決めたことだしねえ。あんたもね、この島出身なんだからね、村の人と話す時はちゃんと「がちゃ」とつけなきゃだめだからね。うるさいんだから、いろいろ」

「いやだよ、そんなの、嘘じゃない」

「いやがちゃ、って言いなさい！　あんたがねえ、そんな態度だと、おかあさんの立場が悪くなるんがちゃ……」

私はうんざりして、自分の部屋に向かった。

和室の部屋は、家を出て行ったときとあまり変わっていない。六畳ほどの狭い和室に、小学校のとき買った勉強机。押入れをあけると、新しい布団や古い扇風機、昔かわいがっていたぬいぐるみなどが入っていた。

窓からの光景もうんざりするほど変わっていない。今住んでいる街は、逆にどんどんビルができ、マンションが建ち、窓の外の光景は変わっていく。それにくらべると、低い家が並び海が見える窓は、死んでいるように見える。

光景は変わらないのに、文化は変わってしまった。逆を想像したことがあるが、まさかこんなに島の文化や歴史まで変わってしまうとは思わなかった。

そのとき、花蓮から電話がかかってきた。

「街の歴史館がすっかり変わっているの、気づいた?」

「ううん」

「すごいわね。歴史も塗り替えられてるの。ちょっと来てみない?」

花蓮は少し面白がっているようだった。海風が肌寒い。私はカーディガンを羽織って、家の外へそっと抜け出した。

Ⅲ

歴史館に行くと、外観はさして変わらなかった。

少し古くなったなあ、という印象だ。

小学校の頃、島の歴史を勉強するために先生に連れてこられた。それからも、島を賞賛する作文を書く宿題が出たり、美術の時間に島のポスターを描くコンクールがあったり、ベニヤに絵を描かされたり、そんなときがたまにあり、来て資料を調べた。

逆に言えばそれ以外で来たことはない。

薄汚れている以外は変化はないが、よく見ると、入り口付近にあったはずのポーポー様の絵が撤去されていた。

中に入ると、だるそうな声で、「はいはい、いらっしゃいがちゃあ」と大崎のおばさんが迎えてくれた。大崎のおばさんはずっとここに勤めていて、前は愛想がよかったのに、わざとぶっきらぼうにしているようだった。

「あらあ、陸ちゃんじゃないの！　大人になったわねえ、結婚したんだって？　花蓮ちゃんも来てるのよお」

「すみません、花蓮、どこですか？」

「あら待ち合わせ？　大人になっても仲いいのねえ、いいわねえ。二階の展示室にいるみたいよお」

歴史館にはちらほら人がいた。外国の観光客が多く、展示物の写真を熱心に撮っている。

「ファンタスティック」

英語はわからないが、感銘を受けたように、カメラを下げた海外の女性が呟いているのが聞き取れた。

私が子供のころ、この歴史館で習った島の歴史はこうだった。

「昔、ポピ原人がいたとされる。そのなかから神さまがでてきて、それがポーポー様として、今も島を守っている。

ポピ原人は山に、人間は海に、仲良く暮らしていた。

ポピ原人を島に連れてきた神さま、ポーポー様は、二つの種族が仲良く暮らしているのを見守り、島を守っていた。

しかし、ある日、魚がとれなくて飢えた人間が山を越えて、ポピ原人を殺して食物を奪った。

それを見たポーポー様が、島に嵐を起こした。人々はひどい嵐に閉じ込められ、どんどん死んでいった。

仲がいいところを見せようと、死んだポピ原人と死んだ人間をつなげて新しい生き物をつくり、神に生贄として捧げた。

ポーポー様は二つの種族が仲良くなったと思って、嵐は止んだ。

それから年に一度、生贄を捧げる祭りをすることで仲がいいことを証明し、ポーポー様の怒りを鎮めている。」

夢のような話だが、実際に種族が二種類いたことと、ひどい飢饉と嵐があったことは事実だ、と先生が言っていた。

歴史を習う前も、後も、ポーポー様は私たちの生活のありとあらゆるところにいた。いつもポーポー様とポピ原人はこちらを見ていたし、その存在を感じていた。当時の私はため息をついて聞き入り、その夜は、島の伝説のことを思いながら眠った。

今の歴史館にはポーポー様の文字はどこにもない。

「この島は特殊な島で、独自の文化を育んでいた。昔は男族と女族に分かれて暮らしていた。山の上に女族、山の下に男族が住み、互いを違う種族と認識していた。新月の夜に男女関係なくまぐわい、男の赤ちゃんは男族へ、女の赤ちゃんは女族へと引き渡された。当時は男も妊娠していたという伝説もある。

別々でも仲のいい種族としてうまくやっていたが、本島から流刑されてきた人が、「恋」を教えた。秘密の恋をする者がたくさん現れた。

その中から駆け落ちをした若い恋人たちが、手をつないで崖から飛び降りて心中をした。

島のものは、本島の文化を拒否していたが、その二人の悲劇をみて、男と女が一緒に暮らす、まざって暮らすということが広まっていった。まだこの島は男女が一緒に暮らし始めて百年しか経っていない。」

こんな歴史を信じる人がいるのだろうか、と思うが、観光客は熱心に、ボードに書かれた歴史を読み、写真を撮っている。

島の名物の赤虫茶は、そのとき二人が流した血をみんなで飲んだことから生まれたそうだ。本当だとしたら薄気味悪いが、皆、興味深そうに、大崎のおばさんが「自由に飲んでいいがちゃ」と差し出したやかんから赤虫茶を飲み、顔をしかめながら何か納得したような顔をして、頷いている。何かを知るということは快楽なのだ、それが大嘘であっても。

私は歴史館の展示物を見て回った。

ポーポー様のとき、ポピ原人の壁画とされていたものが、今は恋をした二人の秘密の絵画として展示されている。

「あ、これ……」

私はガラスケースに顔を寄せた。子供の頃、ポスターに描いた、ポピ原人が使っていたという、心臓の音を聞く古代の医療器具だった。

そんな昔にもこんな器具があったのかと感動したものだ。ポスターには、「すごい文化だ！　ポピ原人の島・千久世島へようこそ！」と描いた。

展示物は同じだが、よく見ると説明文が違う。「引き裂かれた恋人が、山の向こうの恋人に聞かせるために演奏していたという古代の楽器」ということになっている。

混乱したが、なんだかそう書かれると楽器にも見えてくる。

子供の頃、古代にこんな医学があったのか、と感動して見つめたものがまったく違う意味になってそこにおいてあることに愕然とした。

けれど、今、じぶんがまっさらな子供だったら、これをあっさり信じるだろう。そう考えると、今、展示物を見てまわっているたくさんの人が、私とは違った「真実」をどんどん飲み込んでいっているということに、足元がぐらぐらする。誰も疑う人はいない。私だって、今まで、何かの展覧会の展示物のキャプションを疑ったことなど一度もなかった。

呆然と展示物を眺める私に、花蓮が言った。

「陸、今晩、何もない？　子供の頃、私が騙した学者の篠塚さん、覚えてる？」

「うん、もちろん覚えてるよ」

「あの人も今、この島に来てるの。昔のお詫びに食事をご馳走することになってるんだけど、陸も来ない？」

「えっ、あの人、死んでないの⁉」

「まさか。なんでそう思うの」

「だって、モドリを邪魔したから……」

ポーポー様のばちが当たったと思ってた。そう言いかけて、言葉を呑み込んだ。


篠塚さんは海のそばの民宿に泊まっていた。民宿の食事処で、近くの素泊まりの民宿に泊まっている高城くんも呼び寄せて、一緒に食事をした。

例の赤虫茶が出てきてうんざりして、「あの、ふつうのお茶ないですか」と言ったが、「この島にはそのお茶しかないがちゃ」とそっけなく言われた。嘘つけ、と思いながら「じゃあ水を」と言った。

刺身と、見たこともない「ガガズク」という食べ物が「島の名物がちゃ」と出てくる。おそるおそる食べると、ただのもずくに牛乳をかけたものだった。心中したふたりが死ぬ前に食べたものだと説明されたが、なんで死ぬ前にわざわざこんな生ゴミを食べなければいけないのか、意味がわからなかった。

「あの、あのときのことはすみませんでした……」

頭を下げながら、よくまたこの島にくる気になったなあ、変な人だなあと思った。花蓮は裏切ったというのに平然と篠塚さんと話している。

「いいですよ、昔のことは。まあ呑みましょう。あ、焼酎の赤虫茶割り、人数分ください」

「あの……」

「あれ、お酒苦手でした？」

「いえ……」

あんな目にあったのに、懲りない人だなあと思う。

「いやあ、好奇心は学者を殺すってね、よく大学で冗談で教授に言われてたけれど、本当にそうでね。動物学者なんかはね、研究している動物に丸呑みされて中から見ることができたらどんなにいいか、なんて言ってるしね。僕なんかは秘祭に巻き込まれて死ぬなんてね、本望ですから、本望」

「でもその「モドリ」も偽物だったじゃないですか……」

「ああ、まあねえ。でも、この島の歴史には本当に興味があるんですよ」

「榊プロデューサーのことどう思います？　あんなの、嘘ですよね。ポーポー様の伝説は、本当にあったんですよね」

「あの人ね。僕たち学者もあの人にはうんざりしてるんですよね。文化を大切にするどころか、証拠を全部消しちゃうわけだから。犯罪ですよ」

「そうですよね⁉」

「でもまあ、向こうもうまくやってるんですよね。研究し尽くされているような土地は選ばない。ちょっと根拠が薄かったり、歴史を明確に示すものがあんまりなかったりするような土地を選んで、ああいう商売を仕掛けてるんですよね。きちんとそれらしい学者に論文書かせたりもしてて、まあずっと研究してきた身としては厄介ですよ」

「でも篠塚さんは、この島に興味を持ってたじゃないですか。根拠たくさん知ってるんでしょう⁉　ほんとは！」

「いや、僕は別にこの島だけが専門ってわけじゃないですから。この島、昔流刑地だったでしょう？　かなりの資料が意図的に消されていて、憶測でしかないことも多いんですよね。嵐の被害もあってただでさえ少ない資料がぐっと減ってしまったし」

「そうなんですか……」

高城くんがまっすぐ篠塚さんを見て言った。

「僕はポーポー様を信じています」

私はほっとした。ポーポー様を信じている人がいることに、今はなぜかとても安堵するのだった。

「高城くんはすごいよね、あんな目にあったのに。アレのために帰ってきたんでしょ？」

「アレってなんですか？」

「だからほら、馬宮さんのところの……」

「篠塚さん、それは」

花蓮が鋭い声で制した。

「あれ？　知らないんだ？　参ったな」

篠塚さんは気まずそうに笑い、「まあいいか」と話を続けた。

「山のほうで山菜採って海のもんに売ってた、あの馬宮さんいるでしょ？　あの人が、「モドリ」をまたやろうとしてるんですよ。やっぱりね、そう簡単にはね、消えないでしょ。一度信じた神さまですからね、島の人にとっては」

「それはもちろんです」

高城くんが大きく頷いた。その高城くんの顔を、じっと篠塚さんが見つめる。

「高城くん、結構ポピ原人の血が濃そうだね。爪の形が特徴的だし、おでこにしこりもある」

真面目な顔で篠塚さんが言った。

「僕はね、馬宮さんの、ポーポー様を島に取り戻そうっていう動きにとっても賛同していてね。ポピ原人の血が濃い人を探してるんです。高城くん、一度検査を受けてみませんか？」

「検査？」

「エロモドリはさておき、本物の古い「モドリ」ではね、どうも島で死んだ人間の死体をくっつけて、合体させて生贄としてポーポー様に捧げてたらしいんですよね。村の人、かなり口をつぐんでいる人も多いんですけれど、馬宮のおばさんの話ではね、動物でやってたときもあるみたいで」

「はあ」

「それでね、これはけっこう最近、学者の中でも話題になってるんですけど、遺伝子退行手術ってわかります？」

「はあ、聞いたことないです」

「人間ってね、少しずつ、血が混ざったり、進化してるでしょ。それを逆に退化させる手術なんですよね。元は成人病対策のためにオーストラリアで開発されて、そうすると退化した人間が卵を産むんですよね。それがダイエットにいいって一時期、セレブの間で流行ったんですけど、ほら卵を産むのってすごくカロリー消費するでしょ」

「はあ」

「でもそのブームも去ったところで、今は学者がこの手術にけっこう関心持ってるんですよ。たとえば、アウストラロピテクスを直に見てみたい、なんていうのも、もしかしたら叶うかもしれないわけですから！」

「うわあ、すごい」

私と花蓮は押し黙っていたが、高城くんは素直に「遺伝子退行手術〜あなたの健康のために〜」というパンフレットを受け取った。

「手術代は六〇〇万かかるんですけどね。でも、もしポピ原人に退行できるくらい、高城くんの血が濃かったら、それはこちらでなんとかしますから！」

「わあ、ほんとですか、すごい」

高城くんは中学生のころまでは、もっと知的だったと思うのだが、馬鹿になってしまったのだろうか。こんな怪しい手術を受けるなんて正気だろうか。

「ポピ原人の再来をね、みんな待ってるんです。それはポーポー様の再来でもあるんです。手術がうまくいけば、高城くん、ポーポー様の卵を産めるかもしれないんですよ」

「えっ、それは素晴らしいですね」

二人の間でどんどん話が進んでいく。私は止めようと思ったが、なぜか花蓮に制された。

「こうなってる人たちに、何言ってもムダ。陸だってよくわかってるでしょ」

「でも……」

このままでは、また高城くんが生贄になってしまう。けれど、十四歳のときとちがって、高城くんはなんだかうれしそうだった。

「ちょっとグロテスクな話で、ここだけの話にしてほしいんですけど、馬宮さんの家はかなりのポーポー様信者でね。ひいおじいさんの代から、ずっと島の中で、ポピ原人の血が濃そうな人間を選んで、交配を繰り返してたらしいんですよ。まあ、近親相姦とかも含まれてて、本当にまずい話なんですけど」

酔ったのか、篠塚さんは饒舌だった。

「それでね、けっこうポピ原人の特徴が出た男の子が生まれて、その子が二週間前に精通したんですよ。だからこれで、高城くんがその精液を体外受精して、卵を産んでくれればかなりポピ原人に近い生体が産まれると思うんですよね」

「気持ち悪い、です……」

私は吐き気をこらえた。これじゃあ、けっきょく高城くんが生贄なのは変わらないじゃないか、と思った。だったら、嘘で固めた榊プロデューサーのほうがまだマシだとすら感じた。

「私、医療も信頼できないんですよね」

花蓮がさらりと言う。

「自分の体、開いてみたことないんで。本当に肺や心臓が体の中にあるのか、見たことないですもん」

「はは、古代人みたいなこと言うなあ」

私ははっと自分の指を見た。薄く血管が透けている。中には血液が流れていて、指先を切ると血が出てくる。

でも、本当に？

たとえば体の中にびっしり蜘蛛がいて、指から出てくるのはその体液だったら？

身の周りのもの何もかもが信じられなくなってきた。マグロと言われて皿に載っている物体。でも、本当に？　井戸水だと言って飲んでいる水。でも、本当に？　窓の外に月と海が見える。でも、本当に？

そのとき、テーブルの上のスマートフォンが光った。夫からだった。

「ごめんなさい、ちょっと電話」

私は店の外に出た。

「そっちはどう？　こっちは海外から帰ってきたところなんだけど、俺もそっちに行けばタカヤが旅行ノルマを一つ減らしてくれるって‼　だから迷惑でなければ、明日にでも行きたいんだけど」

「うん、おいでよ。いつでもいいよ。私の実家でいい？　民宿のほうが気を使わなくていいかな？　でもね、結構混んでるみたいなんだよね」

「うーん、できれば民宿がいいかな。なんか、動画とかとれそうな古くてボロい民宿とかだと更にいいんだけど。SNSにあげやすいし」

「わかった、探してみる」

「あと、タカヤもいっしょに一泊したいみたいなんだけど、大丈夫かな」

「タカヤさんも？　いいけど、本当にしょぼい島だよ？」

「うーん、俺にもよくわからないけど、タカヤ的には、離島とかで変わった文化に接するのって、すごいイケてる感じみたいなんだよね。外国の旅行者はそういうところに行くし、ゴージャスな旅をするんじゃなくて、あえてボロい民宿とかに泊まるほうが、センスがいいんだって」

「よくわかんないけど、別にいいよ」

電話を切って、すぐにテーブルに戻る気がせず店の中を覗き込むと、店内に見慣れた顔を見つけた。あき姉ちゃんだった。

生き生きと働くあき姉ちゃんに、戸の外から「あき姉ちゃん」と声をかけると、

「あら、陸ちゃん！　久し振りがちゃあ！」と笑いながらこちらへ来た。

「あき姉ちゃん、いつ島に帰ったの？　お嫁に行ったんじゃなかったの？」

「それがね、とんでもないモラハラ野郎でねえ。結局、離婚して戻ってきたがちゃあ」

あき姉ちゃんが、気まずそうに笑った。

私はあき姉ちゃんの手首を摑んで、外へ引っ張った。

「どうしたがちゃあ？」

「あき姉ちゃん、この島を出て恋をするって言ってたじゃない……」

「うまくいかなかったものは、仕方ないがちゃあ」

あき姉ちゃんが照れ臭そうに笑った。

「どうしてみんなの嘘に加担するの……？　赤虫茶なんて嘘じゃない、ガガズクなんて食べたことないじゃない……！」

「しっ」

あき姉ちゃんが厳しい顔で私の口を塞いだ。

「仕方ないがちゃ。本島は家賃も高いし、やっと見つけた仕事もセクハラとパワハラのストレスでボロボロだし、結局、生きていくにはこの島で嘘をつきながらなんとかやってくしかないがちゃ」

「あき姉ちゃん」

「陸ちゃん。恋に失敗した人間はね、どんな手を使っても、嘘をついてでも、呪いの中で生き延びていくしかないがちゃ」

あき姉ちゃんは低い声でそう囁き、店へ戻っていった。

私は俯いて、店内に戻った。さっき無理やり飲み込んだガガズクが、胃からせりあがってきていた。

トイレに駆け込み、薄気味悪い食べ物を吐き出した。顔を上げると、鏡の中で、目を真っ赤にし、酒に酔って火照った自分の顔がこちらをみていた。その皮膚の向こうに何があるのか、いくら鏡を覗き込んでも見えないのだった。

タカヤさんのことは苦手だ。

船がつく時間に船着場まで迎えに行くと、夫とタカヤさんが連れ立って下りてきた。タカヤさんは港を見回し、「あー、だめだな、こりゃ」とため息をついた。

「何これ、めっちゃ観光地化してんじゃん。それっぽくしてもダメダメ、必ず見破られるんだから、こういうのはさー」

タカヤさんならわかるかもしれない、と、崖の下が見えるところまで連れて行き、そこに放られている黒い岩を指差した。

「あの岩！　見えます⁉　あの岩はどうですか⁉　本物ですか、偽物ですか⁉　あれ、ポーポー様の残した遺跡なんです。わかります⁉」

「いや、俺、ビジネスになるかどうかしかわかんないからさあー。でも、榊ってヤツのやり方はダメ、マジで一時的にしか儲からない」

ため息をついて、「あー、来るんじゃなかったなー」と言っているタカヤさんにうんざりしながら、いっそこのまま来た船で追い返そうかと思っていると、

「あの、美樹本さんですよね？」

と、タカヤさんの苗字を呼ぶ声がした。

「榊です！　お久しぶりです！」

名前を聞いてぎょっとした。

どうやら声をかけてきたのは榊プロデューサーのようだった。

「SNSで船の写真見て、まさかと思って。こんなところで、タカヤさんに会えるなんて、思ってもみませんでしたよ！」

榊プロデューサーは想像よりずっと若くて、「個性的な人になりたい平凡な人」という感じだった。自意識の強さは感じるものの、タカヤさんには素直に憧れている様子だった。

「すごいなあ。俺、タカヤさんのプロフェッショナル・プロデューサー・スクールに行ってたんですよ。PPSでタカヤさんの元で学べたことは誇りっす！　あ、まあ、それを経て、今はもう、タカヤさん超えちゃったかな？　みたいなとこ、あるかもしれないんっすけどー。でも直に話せるなんて夢みたいっす」

榊プロデューサーはタカヤさんが八年前にやってもうとっくに潰した、プロデューサー技術養成学校に騙された一人らしく、しかも騙されたことに未だに気がついてないようだった。榊プロデューサーの背中を叩いて、タカヤさんが調子よく笑う。

「いやあ、もうとっくに俺なんか超えてるよー！　榊プロデューサーが敏腕だってことは、もう業界全体に知れ渡ってるから」

「いやいや、マジなに言ってんっすかー！　タカヤさんこそ、あの時代、カリスマだったじゃないっすか」

「俺はさー、榊くんみたいな若い子の発想にはやっぱ、もうかなわないよー。俺の方が榊くんに教えてほしいよ、まさに時代が逆転するってこーいうことだよね」

タカヤさんも適当なことを言っている。嫌いなタイプの人間同士の会話は、吐き気を通り越してもうどうでもよかった。

夫は話を合わせながら、早く旅館に行ってソシャゲをやりたいと思っているようだった。この人が夫でよかったなあと、改めて思った。

翌朝早く、タカヤさんは帰っていった。

「あの榊って奴？　あいつはダメだな。支配される側の人間。目を見るとわかるんだよね。陸さん、あんなやつのプロデュースなんて真に受けないほうがいいよ」

「昨日ちょっとだけ話したけど、陸さんの幼馴染の花蓮って子、あの子のほうがプロデューサーの能力ありそうだよ、カリスマ性もありそうだしね」

「あ、ダメですか」

「あの、私ってどんな感じですか？」

別にプロデューサーになりたいわけではないが、気になって尋ねた。

「私って、「入れ物」なんです。外から入ってきたものが全部私の中に入ってる。私の内側から発生したものなんて何一つないんです。単なる入れ物なんです」

「いやあ、みんなそんなもんっしょ。陸さんはねー、プロデューサーの才能、一番ないタイプだよね。だって、入れ物って自分で言ってるけど、底が抜けてるから。入れ物とか言いながら、ジャージャー出ていってるからね」

タカヤさんは水蒸気タバコを吸った。

「陸さんはさ、「無」を信じたいんだよ。本当はさ。その理由探してまわってるだけ。でも、それも一種の信仰でしかないから。しかも一番ビジネスにならない信仰。それって信者はけっこう多いのに、何も生み出さないんだよねー。まじ厄介。あ、この船だよね？」

「じゃあねー。あ、帰ったら君ら夫婦、すぐ引っ越しだから。龍ケ崎区さあ、やっぱもうダメだわ。ダサい。荷物纏める準備しといてねー」

タカヤさんはあっさり船で帰っていった。

「あ、はい」

タカヤさんを見送ったあと、夫が泊まる民宿へ行った。

一緒に朝食を食べていると、花蓮からメールが来た。

「例のモドリ、今度のお盆の夜にやるみたい」

「そうなんだ」

「高城くん、けっこうポピってるよ。見に行かないの?」

「ポピってるってなに?」

「ポピ原人っぽくなってきてるってこと。高城くんだけじゃなく、けっこう島全体がポピり始めてる気がする」

たしかに島の人は、たったこの数日で雰囲気が違ってきている。私にも、少しそれが伝染し始めている。

皆、典型的な「島の人」であり続ける。いくら文化が変わっても、ちがう文化が入ってきても、「島の人」で、その典型であり続ける。それは、「二年前にこの事業を始めて成功した人」を演じ続ける夫と、どこか似ているように感じられた。

私という入れ物にもどんどん新しい真実が入ってくる。戸惑いながらも私は、いつの間にか、「真実」として渡されたものを受け取っている。真実は更新され続ける。そのことを知っているのに、受け取るのをやめられずにいるのだった。

朝食を終え、ソシャゲに勤しむ夫を置いて、ぶらりと島を歩いた。

なんとなく、自分も通った小学校へ向かっていた。すべてを信じることができていたあのころの自分が、懐かしかった。

私たちが通っていた古い校舎は奥にあり、新しい綺麗な校舎が建っている。

校庭にはほとんど人影がない。学校は夏休みだし、この天気では、みんな海で遊んでいる時間のはずだ。

一人、子供がブランコで遊んでいるのを見つけ、私はそちらへ歩み寄って行った。

「こんにちは」

声をかけると、すこしびくっとしたあと、「こんにちがちゃ」と返事をされた。

「どうしたの？　この島の子だよね？　お友達は？」

「勉強できなくて、先生にテスト受けてたの。みんな海に行っちゃったがちゃ」

「一緒に遊ばなくていいの？」

子供は頷いた。

「何のテストしてたの？」

「歴史。大嫌いがちゃ」

「そんなの覚えなくていいよ。全部嘘なんだから」

女の子は不思議そうに私を見た。

「あのね、そのサマーニットのTシャツ。毛糸で編んだってお母さんから聞いたでしょ？　でもね、嘘なんだよ。それは、海の中の大きな魚の皮なの」

「そうがちゃ⁉」

女の子は驚くほどあっさり信じた。

「男族と女族なんていうのもね、嘘だよ」

「嘘なのがちゃ⁉」

「地球全部の歴史はね、この島といっしょで、書き換えられてるんだよ」

「ほんとがちゃ……？」

戸惑ったような、でも「こわい」と感じることがそれが真実である証拠であるような、不安定な目で、女の子が私を見た。

「本当だよ。たとえば、日本って、縄文時代とかなかったからね。十年前に一斉に移民してきただけのデカい無人島だから」

「そうなのがちゃ……」

「ジャワ原人とか、全部信じてるでしょ？　嘘だから。あと、火を起こしたのが人間っていうのも嘘。火ってね、ロケットが飛ぶようになってから、太陽から持ってきたのをみんなで分け合って使ってるだけだから。七年前くらいからやっと使い始めたんだよ。それまで、なんでも生で食べてたの」

「なんで、島の大人はそんな風に嘘ばっかり教えるがちゃ？」

「前のは、ちょっとダサかったから、国際スマート会議で決められたことを、学校で教えることになったんだよ」

話しているうちに、だんだんその気になってきた。

「だからね、この世界のことは、全部信じちゃダメ。人間の体の仕組みもね、解剖してみると、全然違うから。胃とか、ないから」

「すごおいがちゃ……！」

「体の中はね、ミルフィーユみたいに皮が重なってるだけだから。皮と皮の間に血があるの。それだけ。胃も肺も心臓もないから」

子供は身を乗り出した私から逃げるように身体を引いた。「こわいがちゃ」と言い、一目散に校庭の外へと走っていく。

「真実を飲み込め！」

子供に向かって私は叫んだ。

「真実「っぽいもの」を飲み込め！　世界中の詐欺師に騙されろ！」

子供の泣き声がする。なんであんなことを言ってしまったんだろう、と立ち上がった時、

「やっと気がついたんだね」

という声がした。

振り向くと、花蓮だった。

「そうだよ陸。全部嘘なんだよ。星空も全部、星なんかじゃないし、体の中に胃なんてないんだよ」

「……花蓮はいつから思ってたの？」

それには答えず、花蓮は微笑んで私の背中を撫でた。

「私はね、ずーっと、待ってたんだよ。陸が人間教から目をさますのを、ずーっと待ってたんだよ」

「人間教……？」

「人類教。地球教。呼び方はなんでもいいよ。地球が星だ、なんてのも嘘だよ。天動説が正しいんだから。島がたくさんあるだけの、大きな水たまりがずっと遠くまで続いてるだけなんだよ」

「なんで……今まで黙ってたの？」

「陸が自分で気がつくのを待っていたの。だって、あんな目にあっても、陸はずっと、心の底でポーポー様を信じてるんだもの」

花蓮が私の手をとった。

「一緒に逃げよう？　あの日みたいに。私たちだけがたどり着いた真実に逃げよう？」

私は花蓮に手を摑まれたまま、「どこに？」と掠れた声できいた。

「あの日と逆ね。この島から逃げるんじゃなくて、この島が、人間教の外になるの」

「花蓮……？」

私は花蓮の目を覗き込んだ。そこにある眼球は、もっと大きくて、花蓮の体の中をぎっしり埋め尽くしているのではないか、と思った。

花蓮の切れ目から、花蓮の眼球がちらりと覗いている。わたしから「見える」のはその事実だけなのだった。

モドリの日が訪れた。

藁が敷かれ、その上で高城くんが卵を産み続けている。

「モドリーーーヤ！　モドリーーーヤ！」

「モドリーーーヤ！　モドリーーーヤ！」

馬宮のおばさん、大崎のおばさん、信心深かった島の人たちが、卵を産む高城くんの周りで、白い浴衣を着て踊っている。

「モドリーヤってなに？」

こっそりと花蓮に囁く。

花蓮は興味なさそうに、

「ああ、なんか、馬宮のおばさんが考えたみたい。テンション上がると体からその言葉が湧き上がってくるって言って、みんなでそうしたらしいわよ」

と言った。

「ファンタスティック！」

振り向くと、海外の観光客が嬉しそうに写真を撮っていた。

「なんか、このモドリでいいんじゃない？」

「そうだよね、ほとんど馬宮のおばさんが考えたからタダだし。よく考えたら榊プロデューサーに三〇〇〇万も払うことないよね」

村の女性たちがそう囁きあってるのも聞こえた。

「力仕事じゃないし馬宮のおばさんが中心になってるから、祭りのための食事やらなんやらの支度はぜんぶ男の人がやったっていうのも、なんかスカッとするしね」

「できるんなら最初からやれよとも思うけどさ、まあ前よりだいぶマシだよね。前のモドリよりこっちのモドリのほうがいいよ絶対」

「でもあの人、なんで卵産んでるんだろ。マジック？」

「ああ、あんなの、手術すれば誰でもできるよ。あたし昔、フランスで友達がやってるの見たことあるよー。めっちゃ痩せるの。でも一時的で、リバウンドすごいんだけど」

「なんだ、やばいやつじゃん」

「あー私も知ってる。あの整形手術って、なんか、詐欺らしいよ。卵っぽいものを産めるようにはなるけれど、本当の卵じゃないらしい。手術でお腹の中にびっしりプラスチックの卵入れられて、それを産んでるって錯覚するだけらしいよ」

「なにそれ、まじこえー」

笑い声が聞こえる。

馬宮のおばさんがつくったモドリは観光客にも喜ばれていた。高城くんの周りをみんで囲み、「がんばれ！」「もっと産め！」と励ましている。

「この秘祭は嘘だ！」

甲高い怒鳴り声がして、そちらをみると、榊プロデューサーが叫んでいた。

「あの男は手術を受けて、それで卵を産んでいるだけだ！　詐欺だ！」

榊プロデューサーの怒鳴り声に続くひとはおらず、彼は一人で大声を出し続けていた。

「いや、「嘘だ！」じゃねえし」

「お前だって詐欺だろっつーの」

女の人たちがくすくすわらっている。

それが伝染して、榊プロデューサーを支持していたはずの健吾さんも、少し気まずそうにしていた。

「榊プロデューサーの言う通りがちゃ！」

千代ばあちゃんが叫んだ。

「そうだがちゃ、榊さん？　榊さんは本当のことを私らに教えてくれたがちゃ？　ポーポー様もポピ原人もいなくて、千久世は男族と女族の島だって……」

千代ばあちゃんが榊プロデューサーに縋り付く。「あ、はあ、まあ」と、勢いに押されて榊プロデューサーが曖昧に頷いた。

「千代ばあちゃんもなあ、あんなに信心深かったのに」

「信じられりゃ何でもいいんだよ、あの人は」

榊プロデューサーと千代ばあちゃんが揉み合っている姿を、「ファンタスティック」と海外旅行客が写真に撮っている。

「観光客もさあ、お金使ってくれるのはありがたいけど、あの人たち、ファンタスティックならなんでもいいんだよねー、たぶん」

女の人が呟いた。

私は島のみんなを眺めながら言った。

「みんな、自分に都合のいい嘘を信じるんだ。人間ってそういう仕組みなのかな」

「そうかもね。新しい真実を信じるとき、人間の頭はクラッシュする。その瞬間だけが、本当に「無」になれるときなのよ。次の瞬間には、新しい信仰が始まってしまうんだから」

「花蓮……何かするつもりなの？」

「なにも。起きることを見守るだけよ。でもほら、「真実」が塗り替えられるとき、生贄が出る。あの人、そうなるわよ」

花蓮の言った通り、新しい「真実」の生贄は、榊プロデューサーだった。

「詐欺師！」

「金返せ！　なにが三〇〇〇万だ！　インチキ野郎！」

「あいつを制裁しろ！」

みんなが、高城くんを温めるために用意された焚き火から薪を手に取り、榊プロデューサーを殴る。榊プロデューサーをリンチし始める。それは、あのとき見た偽物の「モドリ」の光景と、どこか似ていた。

高城くんはこの騒ぎを一体どう思っているのか、一人で藁の上で卵を産み続けていた。

私は、藁の上で丸くなっている高城くんに近づき、高城くんが産んだ卵を一つ、拾い上げた。

それはぬるぬるしているプラスチックで、それっぽくぶよぶよしているものの、到底、生命体とは思えず、中から何かが産まれるとは思えなかった。

こんなものを腸の中にびっしり入れられて産まされていると思うとぞっとする。

「高城くん、もう産むのやめなよ」

「止まらないんだ」

高城くんが呟いた。

「ちゃんとした病院へ行こう？　早く、お腹の中の卵、とってもらったほうがいいよ。高城くん、死んじゃうよ？」

「僕たちの信仰は止まらないんだ」

高城くんは卵を産みながら、どこかぼんやりと呟いた。

「伊波が言うみたいに、なにも信じずに生きていくことができるって、本当に思う？　信じないことを信じているだけだろ？　なにも信仰しないで生きていくことなんてできないんだ、僕らには」

「どうして？」

「家畜だからだよ」

高城くんは、中学生のころ「モドリ」になった時と、同じ目をしていた。

「僕たちはそういう生き物なんだ。信仰の入れ物なんだ。そういう風に作られてる。僕たちは遺伝子の家畜なんだよ」

私は卵を産み続けている高城くんの濡れた目を見つめ、口を開こうとした。

「終わったぞー‼」

その時、叫び声がした。向こうから人が走ってくる。タカヤさんと夫だった。

「みんな、終わったぞー！」

「終わったって、なにがガちゃ」

不安そうに健吾さんが呟く。

「「ニンゲン」が終わったぞー‼」

夫とタカヤさんはふざけているのかと思ったが、二人とも満面の笑みだった。

「やったあー！　うわあーい！　終わったんだー！」

観光客に赤虫茶を配っていたあき姉ちゃんも、振り向いて嬉しそうに叫んだ。

「やっと秘祭が終わるぞー‼　「ニンゲン」が終わるぞー‼」

赤虫茶を地面に投げ捨て、タカヤさんとあき姉ちゃんが抱き合って飛び跳ねている。

私は慌てて二人に駆け寄った。

「タカヤさん、あき姉ちゃん、突然どうしたの？　終わったって、なにが？」

私の言葉に、あき姉ちゃんが目を見開いた。

「えっ、陸ちゃん、知らないでやってたの？　私たち、一千年間、秘祭「ニンゲン」をしてたんじゃない」

そのとき、前からスピーカーを通して大きな声がした。

「ポーポー、ポーポー、ポーポー！　お疲れ様でした！　秘祭「ニンゲン」が終わりました！　秘祭「ニンゲン」が終わりました！」

スピーカーで叫んでいるのは大崎のおばさんだった。おばさんからスピーカーを渡され、花蓮が皆に呼びかけた。

「ポー、ポー、ポー、ポー。ポーポーの皆さん、聞こえますか？　聞こえますか？　秘祭「ニンゲン」実行委員会の浜尾です。長きにわたって「ニンゲン」に参加し続けた皆さま、本当にご苦労様でした。今、やっと、一千年にわたる秘祭「ニンゲン」が終わりました。もう戻っていいですよ。もう戻っていいですよ！」

「やったー！　ポーポー！　ポーポー！」

花蓮の宣言に、あちこちから歓声と、「ポーポー!」という叫び声が聞こえる。島の人たちの大半は不安げに顔を見合わせ、状況についていけていない様子だった。

「なにを言っとるがちゃ」

島の老人の一人が訝しげに花蓮を見ながら言った。

「あら、けっこうこの島には知らないポーポーが多いのかな? 「ニンゲン」こそが私たちの秘祭だったんですよ。長かったなあ。千年続きましたね。それが今、この記念すべき瞬間、やっと終わったんです!」

私は急いでスマホで確認しようとしたが、テレビもネットも映らなくなっていた。

「陸ったら、もう「ニンゲン」は終わったんだから、そんなのやってるはずないじゃない」

花蓮が笑って私の肩を抱いた。

皆も、スマホを弄ったり、ラジオで確認しようとしている。そこにはもう何の情報もなかった。何の情報もない私たちに、花蓮の凛とした声が入り込んでくる。

「私たちは、外からきた生命体です。千年前、もともと住んでいた島が溶けて住めなくなり、このチキュウという大きな島に流れ着きました。私たちは新しい島で繁殖しはじめる前に、そこで生きていく安全を祈るため、祭りを行います。「ニンゲン」という架空の生き物を演じ続けるという奇祭です。それがやっと終わりました！」

花蓮の説明に、健吾さんが弱々しい声で言った。

「終わるって、なに言ってるがちゃ……」

「終わったらどうなるがちゃ？」

千代ばあちゃんも不安げに言う。

「ポーポー様はどうなるのよ」

馬宮のおばさんが怒鳴った。

「どうなるもこうなるもないわ。私たちが、「ポーポー」なんだから」

こともなげに花蓮が答える。

「ああ、本当に覚えていないんですね。長いお祭りだったものね。私たちはほとんどみんな、この長い祭りの間に生まれてきたんだものね」

山の向こうから、波の音が聞こえる。大きな水たまりの水が揺れる音が聞こえる。

花蓮の穏やかな声がそれに重なる。

「私たちは本当は、ポーポーという生き物なんですよ。わかってるのはそれだけ。この皮膚の中がどうなっているのか、大きな水たまりの中に島がたくさんある、チキュウという空間の向こうになにがあるのか、誰も知らない。ただ一つわかるのは、この世のすべての生き物はポーポーだってこと。形が違うだけで、全てポーポーなんですよ。私たち、元の姿にやっと戻れるんですすよ」

「モドルって、なにに戻ればいいがちゃ……」

「全部忘れるのよ。だって全部、架空の生き物「ニンゲン」の話だったんだから。秘祭の間に教え込まれた嘘はすべて忘れるの。それだけよ」

「ポーポー！　ポーポー！　俺たちはポーポーだ！　ああ、やっと「ニンゲン」が終わったぞー！　ついに戻れるんだ！　やったー！」

夫が無邪気に笑いながら叫んだ。

「ポーポー！」

「ポーポー！　ポーポー！」

「知っていた」らしき者はみな、ポーポーという声をあげながらはしゃいでいる。そうではない皆は顔を見合わせた。反応に困っている様子だ。

「産まれたぞ！」

そのとき、タカヤさんが叫んだ。

「ポーポーの赤ちゃんが産まれた！　俺たちの赤ちゃんだ！」

見ると、卵の一つが割れ、上半身がイルカ、下半身がヒトに似た、見たこともない生き物が蠢いていた。

「なんてかわいいポーポーなんだ！」

「みんなで水たまりの向こうへ行こう、秘祭が終わったことをほかの島にも伝えるんだ！」

「ポーポーポーポーポーポー」

小さな生き物が生まれ、激しく鳴いている。そのことに引き摺られ、タカヤさんや夫の高揚が伝染したように、皆がざわめきはじめた。

「たしかに変だと思ってたんだ、男だ女だ、海のもんだ山のもんだって、なんだかずっと俺たち変だった。ずっと変だった！　そうか、全部、秘祭という名の陰謀だったんだ。やっとそれが終わったんだ！」

健吾さんが呟いた。その安堵したような顔をみて殴りたくなったが、皆はそれどころではなかった。

「ポーポー……?」

「え、地動説じゃないってほんと? たくさん島があるだけの大きな水たまりなの?」

「ちょっと、誰かGoogleマップ見せてよ! 信じられるわけないじゃない!」

「飛行機乗ったことがある人、手を挙げてー! 地球が丸かった人、手を挙げてー! ちょっと! 誰もいないの⁉」

「ポーポー……なんだか信じられないけど、懐かしい響き……」

信じる人と、「嘘だ!」と叫ぶ人が、摩擦しあい、奇妙な興奮になって広がっていく。

「全部陰謀だったんだ!」

タカヤさんが叫ぶ。

「『人間教』の恐ろしい洗脳だ! こわい! こわい! 千年祭りをするなんて狂ってる! 陰謀だ! でももう、俺たちは本当の自分に戻れるんだ!」

陰謀という言葉に、みんな、本当はずっと気が付いていたかのように、はっと顔をあげた。みんな、現実より醜いものの存在に、突然気が付いたような衝撃を受けて、今生きる世界より汚いものに引き寄せられ始めていた。

目の前の生き物たちは、いつでも、新しい「真実」を喜んで受け取る。それに飽きてくると、今度は次の新しい真実を受け取る。まるで、真実を食べ続ける化け物みたいに。

「ポーポー！　ポーポー！」

戸惑いながらも、馬宮のおばさんが声をあげ、なにか納得したように、さらに高い声で鳴く。

「ポーポー！　ポーポー！　ポーポー！」

健吾さんが鳴く。その向こうで、千代ばあちゃんが、「ポーポー……？」と戸惑いながら鳴き始めている。

花蓮が私に囁いた。

「言ったでしょう。古い真実が壊れる瞬間、あの生き物の頭は壊れるのよ。みて。これが「ニンゲン」の真実よ」

私の目の前で、確かに、ニンゲンはポーポーへと脱皮し始めていた。

「ポーポー！　ポーポー！　ポーポー！　ポーポー！　ポーポー！」

「ポーポー、ポーポー、ポーポー、ポーポーポー、ポーポーポー、ポーポーポーポー」

「ポー」

私たちの新しい鳴き声が爆発的に広まっていく。言語を忘れたように、または新しい言語を思い出したかのように、私たちの鳴き声が重なり合う。

「ポー「ポー

ポーポーポーポーポーポーポーポーポーポーポーポー」ポー「ポー」

島中に新しい鳴き声が響き渡る。千代ばあちゃんも、観光客も、老人も、生まれたばかりのポーポーも、同じ音を出し始める。自分をニンゲンだと信じていた生き物たちが、今度は自らをポーポーだと確信し始める。その瞬間に、私は立ち会っているのだった。

新しい「真実」を食べ始めたバケモノを眺めながら、私は心の中で呟いた。「ニンゲン」は終わった。なにも信じられない世界で、それだけが、妙に腑に落ちて、私という「入れ物」の中に残った。

足元に、卵を産み終えた高城くんがぐったりと横たわっている。「ポーポー、ポーポー」高城くんが微かに鳴いているのが聞こえた。

「ポーポー？」

私が呼びかける。もうニンゲン語が通じないと思ったからだ。

「ポーポーポーポーポーポーポーポーポーポーポーポー」

高城くんが鳴き、高城くんの背中が鳴き声と共に振動した。

花蓮がこちらを見て満面の笑顔で言った。

「やっと「ニンゲン」が終わるね」

「花蓮は……どこにモドルの？　私たち、なににモドルの？」

「私たち、もうモドっているのよ。ずっと前から私たち、こういう生き物だった。それだけは信じられる。そうでしょう？」

私たちはモドっていく島の生き物たちを眺めていた。

森の向こうに、水たまりが見えた。

私たちが海と呼んでいた大きな水たまりの向こうに、違う光景が見えていた。私自身も、自分が孵化しているのを感じていた。新しい「真実」が、私という入れ物に、確かに投げ込まれ始めていた。

「ポー……ポー……」

口をあけて小さく、私は私の新しい鳴き声を体から放り出した。その小さな音が、水たまりの向こうめがけて、静かに飛んでいった。

満潮

夢精をして目が覚めた。

それを夢精と呼ぶのが正しいのかどうかわからない。精液はどこにも出ていないのだから。でも、私にはその呼び名しか思いつかなかった。

下半身に、達した後の心地よい気だるさが漂っている。寝返りをうって横を見ると、夫はベッドの中にいなかった。夫が抱きしめていたタオルケットと皺が寄った真っ白なシーツを見て、おぼろげな記憶が蘇ってくる。数時間前、夫から日曜日恒例のウォーキングに行こうと誘われて、眠いからと断ったことを思い出す。夫がドアに鍵をかける音を聞きながら二度寝をして、そのまま浅い夢を見たのだ。

夢の中で、私は下半身を洗濯機に入れて立っていた。洗濯機の水がぐるぐる回転し、泡に包まれているうちに爪先が心地よい痺れに包まれ、這い上がってきた快楽が脚の間でぱちんと破裂した。その瞬間に目が覚めたのだった。

夢の内容には現実感がないのに、肉体には性的感覚がしっかりと残っていた。達する瞬間何か寝言を言っていた可能性もあるので、夫がいないときでよかったとほっとした。快楽を放出した感覚で脱力している下半身になんとか力をこめて身体を起こし、トイレへと向かう。達したせいか全身に浮遊感がある。膀胱を刺激されたらしく尿意が感じられた。

トイレに行って確認すると、下着には何もついていなかった。洗濯する手間がかからなくてよかったと思う一方で、夢精の証拠がどこにもないなあと思った。人に見せるわけではないのでいいのだが、記憶しかないとどこまでが夢だったのかわからなくなってくる。

トイレを出たときには目が冴えていた。そのままキッチンに行き朝食の準備をしていると、玄関のドアの鍵が開く音がして、夫が帰ってきた。夫は私が寝ているとき、足音をたてないように気を付けてくれるので、廊下の軋みだけが近づいてくる。リビングのドアをそっとあけた夫に明るく声をかけた。

「直行くん、おかえり。今日はずいぶん遠くまでウォーキングしてたんだね」

「佳代さん、起きてたんだ。うん、今日はかなり歩いたよ、春に花見に出かけた公園まで行ってきた。汗だくだよ」

笑ってタオルで汗を拭う夫の屈託ない様子に、私の夢精にはまったく気が付いていないようだと、胸を撫で下ろした。

「シャワー浴びてきたら？　朝食の準備は私がするよ」

「ありがとう。あ、ついでにヨーグルトを買ってこようとしてたのに忘れちゃったな」

夫がシャワーを浴びている間にクロワッサンを焼き、ハムを入れたサラダを作り、チーズを入れたオムレツをひっくり返す。残り物のスープを温め、昨日の朝ヨーグルトに入れたキウイを今日はそのまま並べた。

朝から夢精で達してすっきりとしたせいだろうか。いつもよりお腹がすいていて、クロワッサンをあっという間に食べてしまい、二個目を焼き始めたところでシャワーを終えた夫が浴室から出てきた。髪を濡らしたままテーブルにつきながら、

「今日は佳代さん、ずいぶん食欲があるね。いつも朝はあんまり食べないのに」

と不思議そうに言った。

五年前に結婚した五歳年下の夫は穏やかで素直な性格で、どんな話も真面目に聞い

てくれる。足の指の爪がはがれて下から新しい爪が出てきたとか、隣の家で飼われている猫が大家さんの庭で野良猫のふりをして餌をもらっていたとか、くだらないことも真剣に聞いて、一緒に驚いてくれる。私にとって好ましいパートナーだった。

彼にならら夢精について話しても、自然に受け止めて、ただ素直に驚いてくれるような気もした。だが、テーブルに漂う健全な姉弟のような雰囲気を肌で感じ、やっぱりやめておこうという気持ちになった。

今日は日曜日で、二人とも出かける予定はない。今から一日家に二人きりだ。朝からそんな話をして、万が一、性的な空気になったら気まずいと思ったのだ。

夫と私は、三年ほど前からほとんど性的に触れ合っていない。人の良さそうな垂れ目の顔に家用のぐにゃりとフレームが曲がったまま直していない銀縁の眼鏡をかけ、ほっぺたにサラダを詰め込んでいる夫の顔を見ていると、この人物に昔は舌を入れてキスをしていたのだという事実が奇妙にすら思える。

「直行くん、昨日の映画、録画してある?」

「うん、たぶん録れてると思うよ。あとで一緒に観ようよ」

「あれ、途中まではいいんだけど、ラストの犯人のところでがっかりするんだよねえ」

「ちょっと待って、言わないで。僕は初めて観るんだから」

私は先月まで派遣社員として勤めていた会社の契約が切れて、次の職場をのんびり探しているところだった。有休を消化したせいで先月から唐突に休みが多くなり、今までのハードな日常が嘘のようだった。

前の会社は残業が多く疲れきっていたので、あせらずに一ヶ月くらいはゆっくりとすごそうと考えていた。有休を消化していたころは休みはほとんど寝てすごしたが、今はだいぶ身体が元気になり、少しずつ家事をやるようになってきていた。

こんなにきちんとした朝ご飯を食べることなど結婚して以来のことかもしれない。朝食は食べないか、コンビニで買ってきた菓子パンを布団の中で齧るかのどちらかだった。

一緒に暮らし始めたときに気が付いたのだが、夫も私も、疲れたときの家事はできるだけ手を抜くという面でとても気が合っていた。私たちは二人とも、部屋が汚かろうと健康に悪い食事が続こうと平気で、とにかく手を抜いて楽に暮らそうという考え方の持ち主だった。

家事の分担は、「とにかく手抜きをする」「どうしてもしなきゃいけないときは、ついでに相手のもしてあげる」ということくらいしか決まっておらず、それでなんとかなっているのが奇跡のようだった。「してもらったほうは感謝を伝え、相手にマッサージをしてあげる」ということだけが、二人の間で暗黙の了解になっていた。

外に洗濯物を干すことなどほとんどなく、乾燥機はまわしっぱなしでいいことになっている。朝になるとそれぞれ、シャツやらブラジャーやらを乾燥機から直接取り出して着る。パンツがなくなったほうが、しぶしぶ洗濯機をまわす羽目に陥り、そのときは中に入っている洗い終わった洗濯物をソファの上に放り投げる。それらが畳まれてクローゼットの中に入ることはほとんどない。

食事も適当で、野菜や肉をスーパーで買うことなどは滅多にない。平日は大体がコンビニ弁当かカップラーメンか、冷凍庫にぎっしり詰まっている冷凍食品で済ませた。少し身体を気にするとレトルトのご飯に納豆と漬物を食べることもあったが、納豆を混ぜるのすら面倒くさくなってしまうことが多く、賞味期限が切れた納豆がよく冷蔵庫の中でカサカサになっていた。

洗い物に関しても、「綺麗なコップが一個もなくなったら洗う」ということくらいしか決まっていないので、どうしても疲れているときは空のペットボトルをコップ替わりに使ったりして互いに粘った。私のほうがだらしなさで若干夫を上回っているので、耐えきれなくなって洗い物をするのは夫の役目であることが多かった。それでも夫が私を責めてくることはない。互いのだらしなさを責めない関係性には感謝していた。

今まで自分のほうがさりげなく夫にいろいろやらせていた自覚はあったので、休みに入ってからは気が向くと掃除をしたり、ご飯を作ったりしていた。食い意地ははっているので、身体に余裕さえあれば食事を作ったり掃除をしたりするのはそこまで苦ではない。ルンバが走る場所がないほど散らかった部屋は、ゴミ袋を十袋ほど出すと大分片付いて、「床が見える生活っていいね」「どこでも座れるってすごいね」「コバエって、常に飛んでるわけじゃないんだね」などと感心して言い合う日々だった。

朝食を口に運びながら夫が言った。

「佳代さん、家にいるからってそんなに家事をがんばらなくていいからね。今まで通り手抜きしよう、それが僕たちらしい暮らしなんだし」

「うん、ありがとう」

夫も最近は残業が少なく、一緒に晩御飯を食べられる日も増えていた。人の良さそうな笑顔を浮かべる夫は信頼できるパートナーだ。

夫は子供は自然にできたら産めばいいし、そうでなければこのまま二人でのんびり過ごそうという考え方で、私もそれに賛同していた。このままでは私たちはずっと性交をしないだろうから、子供はできないかもしれない。それが自分たちの「自然」なのだろうなと漠然と感じていた。

夢精という自分の初めての経験について、誰かに報告がしたいという気持ちがおさまらず、翌日の月曜日、夫が会社に出かけたあと、友人の雪子に電話をした。

雪子は私の大学時代からの友人だ。大人しいけれど包容力があり、どんな話も聞いてくれるので、ついいろいろ話してしまう。華奢で清純そうな姿は守ってあげたくなるが、実際には自分のほうが雪子に甘えているのだった。

大学を出て結婚した雪子は、私の家から電車で五駅ほどの場所に住んでいる。私が平日に休むようになってからは、赤ちゃんのいる家に遊びにいったり、こうして昼間から気軽に電話をしたりと、特に頻繁に連絡をとるようになっていた。

久しぶりに洗濯物をクローゼットに入れてあいたソファの上に寝転がって、スマートフォンを耳に当てる。雪子は子供の世話や家事をしながら電話をしているので、いつもスピーカー通話で私とお喋りをする。雪子のおっとりとした声は私を安心させた。

『やっぱりおむつだったみたい、お待たせ。それで、何の話だったっけ』

「あのね、昨日の朝、夢精になったって話。ね、これってすごくない？」

『そうそう、びっくりしたよ。女性もなるんだね。どんな感じなのか、想像もできないけど……』

雪子はひやかしたり笑ったりするわけではなく、真剣に話を聞いてくれる。そういう雪子の姿勢が私には有難かった。

「たぶん個人と体調によって強弱はあるんだと思うんだけど、私の場合は単にスカッとする感じだったよ」

『そうなんだ、なんだかそれだけ聞くと健康にいい体操の話みたい。あ、でもそういう話、何かの本で読んだことある気がする。漫画だったかな』

「へえ、じゃあそんなに珍しいことじゃないんだね」

『うーん、でも実際になったって聞いたのは初めてだなあ。言わないだけなのかもしれないけど』

「うん、この年で、性的なことで自分の体にびっくりできてちょっとうれしかった」

自分の感覚を言葉にして発したことで、自分だけの淡い夢として消えてしまいそうだった出来事が、世界に記録されている感じがする。誠実な言葉を返してくれる雪子という存在に感謝した。

『そうだね、出産や加齢は大きな経験だけれど、性的なことで驚くことはそんなにないかも。そもそも、そういう時間も人生から消えていっているし。それで楽になっている気持ちのほうが大きいけれど』

「そっかあ」

『でもね、佳代、その話……』

何か言いかけた雪子を遮るように、赤ん坊の泣き声が聞こえた。

『あらあら、今度は何だろ。そろそろご飯かな』

「あ、ごめん、長電話しちゃって。そろそろ切るね」

『ばたばたしちゃってごめんね、また電話する』

雪子との通話が終わると、部屋の中が静まり返った。

夫がいない昼間の部屋は、空気が停滞している感じがする。やっと床が片付いて久しぶりにスイッチを入れたルンバだけが、部屋の空気を掻きまわしながら動き回っている。

窓でもあけて風を通そうかと思ったが、眠くなってきて、ソファの上で丸まって目を閉じた。雪子は何を言いかけたのだろう。その答えを探す時間もないほど急速に、私は心地よい眠りの中へと沈み込んでいった。

その日は帰ってきてから、夫の様子が少しおかしかった。

残業が早めに終わったらしい夫が玄関からなかなかリビングに来ないのでドアを開いて廊下に出ると、びくりと身体を震わせてこちらを見た。買い物をしてきたらしく大きなビニール袋を提げている。

「おかえり。何か買ってきたの？」

「ああ、うん。まあ、いろいろ必要なものとか……」

言葉を濁らせて、寝室へと入っていってしまった。夫は健康器具が好きなので、まあその類だろうと、そのときは特に気に留めなかった。

その日の夕食は、ラムチョップと素麵だった。組み合わせが変だなとは思ったが、どちらも無性に食べたかったのだ。

休みだからと言って手抜きをやめる気はないが、食べたいものは作りたくなる。この前も、アジの開きとレトルトのラザニアという組み合わせの晩御飯を、夫と一緒に「意外と合うね」と笑い合いながら食べたばかりだった。

今回も、また変な組み合わせだねとか、思ったより合うねとか、何かリアクションがあるかなと思ったのだが、夫は無言で箸をとり、いただきますを言わずにぼんやりと食べ始めた。

その様子に、疲れているのだろうかと声をかけた。

「どうしたの？　ぼんやりしてるよ、体調悪いの？」

夫ははっとして顔をあげ、

「いや、なんでもないよ。あ、おいしそうだね、ラムチョップ」

と肉に箸をのばした。

「やっぱり組み合わせ、変だったよね。無性に食べたくって」

「え？　ああ、そうだね」

いつもと違った様子の夫に首をかしげた。

「直行くん、疲れてる？　会社で何かやなことでもあった？」

「いや、そういうわけじゃない。美味しいよ。ありがとう、佳代さん。後でマッサージするね。今日は肩がいい？　足の裏がいい？」

「うーん、ありがとう、でも今日は大丈夫。昨日さんざん肩やってもらったし」

「そうだったかな……」

夫はぼんやりと呟いた。

食事中に上の空になり、食欲がなくなるのは、夫が何か悩みがあるときだ。また何か考えているらしい、と思った私は、そっとしておくことにして、テレビのチャンネルを変えてそちらに集中することにした。

夫は悩み事があるときは一人で考えて、解決してから私にそっと報告する。何か考えたいことがありそうだと思ったら、放っておくことにしているのだった。

旅行番組を観ながら、おいしそうな駅弁を食べるレポーターの歯が真っ白なのを眺めていると、不意に夫が口をひらいた。

「……あの、佳代さん。今日からしばらく、先に寝ていてもらっていいかな」

何か事情がありそうな夫の様子に、私はわざとあまり踏み込まず、リモコンを弄りながら、テレビに目線をやったまま答えた。

「え、うん、もちろん。いつもそうしてるじゃん」

「そうか、そうだよね。でも、いつもよりさらに僕が寝る時間が遅くなると思うんだ。ダブルベッドだと起こしてしまうかもしれないから、リビングのソファで寝てもいいと思ってるんだけど……」

それを聞き、私は夫をちらりと振り返った。

「ええと、どうしたの？　そんなに残業が多くなるの？」

「いや、そういうわけじゃないんだけど……」

言いづらそうな夫の様子にはっとした。まさか、この前の夢精のときに声でもあげていたのではないかと急に不安になった。その様子を見た夫が気まずくなって一緒に寝るのを控えようとしているのかもしれない。

「……あの、例えば、私の寝相とかが、悪かったりした？」

「いや、そういうわけじゃないんだ。単に僕の問題なんだ」

夫は決意したように、箸を置いて真っ直ぐこちらを見た。

「潮を噴いてみようと思うんだ」

「……潮？」

夫が何を言っているのかわからなかった。

言葉を失くした私と対照的に、夫はさっきまでもごもごしていたのが嘘のように、身を乗り出して熱心に話し始めた。

「去年の年末、忘年会でそんな話を聞いたんだ。男でも噴けるという話を先輩が楽しそうに話していたんだよ。そのときはくだらなく思えたけれど、だんだんと気になってきて。自分の身体にもそんな可能性があるのかって、どうしても試してみたくなったんだ」

夫の真剣な様子に、なぜか素直に相槌を打つことが出来なかった。微かな苛立ちを感じながら、私はぶっきらぼうに尋ねた。

「それと、私が先に寝るのと、どう関係があるの？」

夫は身振り手振りを交えて熱心に説明を始めた。

「それが簡単なことではないんだよ。どうやら、かなり時間がかかるらしいんだ。それにどれくらい噴き上がるものなのか想像もつかないから、もしかしたら部屋で挑戦すると床や壁を汚してしまうかもしれない。だから佳代さんが入浴を終えてから、夜の十二時から二時間くらい、浴室を借りたい。僕が風呂場から数時間出て来なくても気にせず、先に寝ていてほしいんだ」

「うん」

もやもやとした感覚をもてあましながら、私は頷いた。

夫は私のそんな様子には気が付かないまま、熱心に説明を続けている。

「今、佳代さんが昼の間に家事をやってくれるから、夜もいつもよりばたばたしないし、お風呂の時間も重ならないよね。だから今がチャンスだと思うんだ。佳代さんに甘えるみたいで心苦しいけど、どうしてもこの機を逃したくないんだ」

私は俯いてラムチョップに齧りついた。食事をしている最中に「潮」の話を聞くのはいい気分ではなかった。食欲が失せたのを感じながら、むりやり肉片を飲み込んだ。

俯いた私に、夫の真っ直ぐな声が降ってきた。

「一度でいいから、一定の期間、寝る前の時間をぜんぶ潮にあててみたいんだ。これは……僕の挑戦なんだ」

　ちらりと夫の顔を見ると、少し青ざめているように見えた。

「だからどうかそっとしておいてほしい。噴こうとしているところを、君に見られたくないんだ」

　私は素直に夫を応援することができず、

「そんなの、専門のお店に行けば、すぐにできるんじゃないの？」

と投げやりに言った。夫は顔の筋肉が引き攣るような動きで頬と眉を動かし、俯いた。

「佳代さんまでそんな短絡的なことを言わないでよ。それじゃだめなんだよ。僕が出したいのは、そんなふうに汚れた潮じゃないんだ。自分だけの力で辿りつきたいんだ。僕の潮は僕のものだ」

　夫のその言葉に、なぜか無性に苛立った。これ以上同じテーブルで向かい合っていたくなくて、急いで食べ終わったラムチョップの骨を皿の上に放り投げ、立ち上がった。

「別に私は、直行くんが何時に寝ようと関係ないし、自分が好きな時間に寝させてもらうから」

「ありがとう、佳代さん。佳代さんなら、わかってくれると思ったんだ」

夫はぱっと顔をあげて無邪気に笑った。胸やけがして、私は返事をせずにテーブルに背を向け、食べ終えた皿を骨ごとキッチンの流し台に突っ込んだ。

宣言通り、翌日から夫は潮にチャレンジし始めた。二人での夕食を終え、私が風呂から出てくると、入れ替わるように浴室へ向かい、そのまま何時間も籠るようになった。

寝室と浴室は離れてはいるが、それでも微かに夫の気配を感じる。夫という、自分とは違う生きものが、家の中の空気を動かしている。

広々としたダブルベッドでなぜか苛々として寝付けず、スマートフォンのアプリでパズルゲームをしていると、夫がそっと寝室に入ってきた。

「なんだ、起きてたんだね」

「浴室から物音がして寝付けなかったの」

そんな事実はないのに反射的に嫌味をいうと、夫が、

「えっ、そうだった？　ごめん、明日からは気を付けるよ」

と申し訳なさそうな顔になった。

何も自分に迷惑がかかっているわけでもなく、夫がやりたいようにやらせてあげればいいと理屈ではわかっているのに、自分の感情がコントロールできなかった。意地悪なことを言ってしまったという自己嫌悪でますます機嫌が悪くなり、こんなことなら結婚したときに夫と寝室を別にしておけばよかったと、八つ当たりのように思った。

スマートフォンの電源を切って枕元に置き、それとなく尋ねた。

「それで、今日はどうだったの？」

夫は苦笑いをして首を横に振った。

「駄目だったよ。インターネットで調べたのだけれど、ある程度の痛みを乗り越えないといけないらしい。辛い挑戦になりそうだけれど、だからこそがんばりたいんだ」

「そう」

尋ねておきながら「潮」という言葉を耳にしたくなくて、夫がその言葉を言う前に背を向けて布団に潜り込んだ。

私もそんなものは噴いたことがないので、想像するしかないが、一体それが出たからといって何だというんだろう。夫の気持ちがさっぱりわからなかった。

それよりももう一度夢精を味わいたい。夢精は汚れていないから。するりと脳の中で呟いた言葉が、夫がこの前、潮に対して使っていた言葉と同じだということに気が付いた。

なんとなく居心地が悪く、なにも考えたくなくて、強く目を閉じた。

夢は見なかった。ただ身体の中が真っ暗になっていくだけの眠りが、朝になるまで私を閉じ込めていた。

「……え、なに、その話……？」

雪子が呆然と呟いたのを見て、しまったと思った。

何となくもやもやとしている気持ちを発散したくなり、今日は電話ではなく、近所にオープンしたお店のケーキを持って雪子の家へと遊びに来ていた。

誰かに愚痴を言いたいと思って、何でも聞いてくれる雪子にまた甘えてしまった。

さすがの雪子も唖然とするような変な話だったと、彼女の様子にいささか慌てて、冗談めかした調子で続けた。

「いや、馬鹿みたいな話なんだけどね、なんだかもやもやしちゃって。直行くんも、ただ好奇心があるだけだと思うんだけど。それなのに、なんでだか、苛々しちゃうんだよ。その感情の正体がわからなくて、ますますストレスが溜まるの」

「そんなの、当たり前だよ。潮なんて、私、一番聞きたくない言葉だもの。気持ちが悪いよ」

いつもどんな話でも穏やかに聞いてくれる雪子が発したとは思えないほど、強い拒絶の言葉だった。その薄い唇が紡ぎだす強い嫌悪の言葉に、はっとして口をつぐんだ。夫と一緒に自分も突き飛ばされたような感じがした。

温和な雪子の眉間に皺がより、歯茎を見せて奥歯を食いしばっている。雪子の豹変に驚いていると、彼女は低い声を絞り出した。

「潮なんて、男の人が喜ぶためだけの言葉だよ……さんざん人の身体を使って無理矢理引き摺り出そうとして、嫌な思いばかりさせて。自分のファンタジーを叶えるために、他人の性を踏みにじる。彼等のエクスタシーのための言葉なんだよ。私には、そういう言葉を使う人間が化け物に見えるときがある」

「化け物……」

呆然として繰り返した。雪子の声が掠れた。

「私……私、直行さんのこと、殴ってしまいたい」

涙交りの声で雪子が言うのにぎょっとした。雪子は両手を握りしめた。真っ白な指先が赤く染まってしまっている。

「そんな言葉を言われるだけで、自分の内臓を占領されているような気持ちになる。ひどいよ……今までさんざん自分の自己顕示欲のために人の身体を使っておきながら、今度は自分の潮？　僕の潮は僕のもの？　信じられない。同じ人間がいう言葉だと思えないよ」

雪子の拳が、テーブルを叩いた。その音に驚いたのか、ベビーベッドで眠っていた雪子の息子が泣き声をあげた。

「……ごめんね、ごめんね」

雪子が鼻を啜って駆け寄り、赤ん坊を抱き上げる。

「それにしても、最近は佳代の話に驚かされてばっかりだな」

「え、他に何か話したっけ？」

焦って記憶をたどり、「ああ、そうか、夢精の話もしたね」となるべく明るい声で言った。

雪子が赤ん坊をあやしながら、真剣な顔でこちらを振り向いた。

「あのね、その話、絶対に直行さんにしないほうがいいと思う」

「えっ……」

自分も、夫にはなぜか話したくなくて雪子にだけ伝えたのだが、改めてそう言われると違和感があり、口ごもった。

「潮は、もう私たちのものじゃない。男が女の身体を楽しむためのもの。だから絶対に、私は一生、身体からそんなもの出さない。自慰だってそう。私は絶対に一生しない。それを無理矢理人の身体から引き摺り出そうとしたり、そういう話を想像して喜ぶ人たちの顔を絶対に忘れない」

雪子は両腕で息子を抱きしめた。その力の強さに、そのまま息子を絞め殺してしまうのではないかと怖くなった。

「夢精はまだ、かろうじて汚されてない。気付かれたらあっという間に踏みにじられるよ。すぐに私たちのものじゃなくなる」

雪子の言いたいことはわかる気がしたが、咄嗟に、

「……ええと、でも、直行さんは、少し変な人だから……」

と奇妙な庇い方をしてしまった。

「変な人でも、結局はおんなじだよ。話してみればわかるよ。夢精だってあっという間に取り上げられて、私たちの性じゃなくなる」

雪子は呟いた。

「それなのに、自分の潮は自分のものだなんて。佳代の結婚相手じゃなかったら殺してやりたい」

雪子は我慢強い性格で、何か辛いことがあっても涙を見せたことがなかった。白い細い指で雪子が自分の目を拭うのを見て息が苦しくなった。

「……そうだ、ええと、ケーキ食べよっか」

雪子の身体の中の記憶を抉るような会話に我慢できず、無理矢理明るい声を出した。

「ああ、そうそうケーキ！　あそこのお店、食べてみたかったんだ。食べよ、食べよ」

雪子が表情を和らげてくれてほっとした。雪子の腕の中で、彼女の息子が再び泣き

声をあげはじめた。

なんとなく家へ帰りにくくて、遠回りをして近所の公園へ向かった。手に持ったスーパーの袋には、夫へのお土産のプリンが入っている。ケーキ屋の隣にあるスーパーで見つけた、餃子プリンとカレープリンだ。私たちは、不味そうな変なお菓子を見つけると、買って帰って一緒に食べる。不味さにもいろいろな種類があって、「甘さに全く融合しないこの味がたまらなく吐きそう」などと真面目に品評しながら食べるのが楽しいのだ。不味い上にカロリーも高そうなものが多いので無駄遣いだと思うが、見かけるとつい買ってしまう。

夫がウォーキングのときいつも一休みするという公園は、最近できたばかりのタワーマンションのエントランスと繋がっていて、凝った形のベンチの向こうに、小さな噴水がある。水が高くなったり低くなったりするのをベンチに座って眺めながら、プリンと一緒にスーパーで買ったミネラルウォーターを飲んだ。

風が吹くと、細かな水の粒子がこちらまで飛んでくる。

夫も、あんな風に噴き上げたいのだろうか。

なんで夫が、そんなものを噴きたいと突然思ったのかは、よくわからない。スマートフォンには、最近調べた潮についての知識がこっそりブックマークされている。

女性器でいう潮噴きとは、ウィキペディアによると、オーガズムの前または最中に尿道から液体が排出される現象を示す。潮の成分は尿とは異なるというデータもある。尿と比べると前立腺特異抗原、前立腺酸フォスファターゼ、ブドウ糖の濃度が高く、クレアチニンの濃度が低いとされている。なぜ潮を噴くのか、その機能については不明である。

男性の潮噴きについては女性よりさらに後に発見されたもので、医学的には謎に包まれている。尿とはちがうということがわかっており、男性の潮の成分も女性の潮に近い。無色透明で匂いがなく、汗に近いと言われている。

調べれば調べるほど、その液体が何なのかよくわからなくなる。真面目に潮について説明してあるページはほとんどなく、出てくるのはアダルトビデオへのリンクやアダルトサイトばかりだ。皆が「潮」を笑っているように感じられて、もどかしい。

同じようなもどかしさを、子供の頃にも感じたことがある。

私は、子供の頃、性教育の授業がある日に風邪をひいて休んでしまったことがあった。

だから、初潮がどんな風に訪れるのか、あまりよくわかっていなかった。友達が届けてくれた冊子を見ても、とにかく血が出るのだ、恥ずかしいことではないのだ、ということくらいしか理解できなかった。

小学校五年生の体育の時間、マラソンの準備体操をしていた私は友達に腕を強く引かれ、

「佳代ちゃん、きてる！」

と耳元で囁かれた。何がきているのか、咄嗟には理解できなかった。冊子に書いてあったようなお腹の痛みもなく、私の体は血を流して、ジャージに小さな染みを作っていたのだった。

わけがわからないまま保健室に連れて行かれ、保健の先生にナプキンと、新しいショーツを渡された。

「これを使いなさい。慌てなくていいのよ」

私は特に慌てていなかったが、素直に頷いた。

トイレに行き、下着を下すと、そこは真っ赤にそまっていた。太腿にもたくさん血の流れた跡がついている。

(あ、かっこいい)

自分の白い下着が真っ赤に染まっているのを見て思った。幼稚園のころ、私は日曜日の朝の戦隊ヒーローの番組を熱心に観ていた。私はレッドになりたかった。母が巣鴨で買ってきた縁起がいいという赤いパンツを勝手に拝借し、ズボンの上からそれを穿いて走り回り、怒られたこともあった。血に染まった赤いパンツは、そのときのパンツに少し似ていた。

「着替えた? あらあら、ジャージまで汚れちゃってるわね」

保健室の先生は慣れた調子で、私から下着を受け取り、「これはもうだめね」と言った。

私は自分からたくさん血が出ていることに、少し高揚していた。ヒーローが敵と戦って血を流すと、私はいつもかっこいいと思っていたからだ。

膝小僧や指先から血が出ると、うれしくてよくその赤い色を眺めていた。だから私は、自分の脚の間から赤い色が吹き出したことを、「いかしてる」と思った。けれど、友達の女子は、「大丈夫、ジャージの染みそんなに目立ってないよ」「お腹いたくない？　先生に伝えとくから休んでていいからね」などと世話をしてくれたので言いだせなかった。

かっこいい赤いパンツはどこかへ捨てられてしまった。自分の血で染まったパンツなんて珍しいから持って帰りたかったのに、少し残念だった。

あのとき、生理は私のものだった。経血は自分だけの奇跡だった。

夫は、そんな経験を望んでいるのかもしれない。

噴水がひときわ高くなり、風が吹いて水しぶきが全身に当たる。

「お母さん、雨？」

「濡れちゃうからこっちに来なさい」

そばに座っていた親子が慌ててベンチから走って行った。

私はふと、（噴いてみようかな）と思った。

水の粒子に包まれながら、私は自分のTシャツが少しずつ湿っていくのをぼんやり感じていた。手に持ったスーパーの袋の中で、二つのプリンがかたかたと音をたてていた。

「直行くん、あのね、私も噴くことにしたから」

次の休日、私たち夫婦には珍しく洗濯物を畳むという行為をしながら、できるだけさりげなく夫にそう告げたとき、夫には私が何の話をしているのかわからないようだった。

「何の話？　佳代さん」

「だから、潮。私も直行くんと同じように噴いてみることにしたから」

そう言いながら、私は少し緊張していた。

もしも夫が私のこの言葉に、急に性的な反応を示したら？

そう思うとぞっとしたが、夫は膝の上で畳んでいた自分のパンツを握りしめ、嬉しそうに立ち上がった。

「え、佳代さんも！　うれしいよ、まさか仲間ができるなんて」

夫の反応にほっとしながら、私は淡々と計画を説明した。

「今夜から始めようと思ってる。ご飯がおわったら少し早めにお風呂に入ることにする。夜の十時くらいから二時間、浴室を借りるね。そしたら綺麗に掃除をして、直行くんとバトンタッチする」

「うん、佳代さんの自由でいいよ。僕がもっと遅くしてもいいし。こんなふうに佳代さんと同志になれるなんて、うれしいよ」

パンツを握っていないほうの手で、夫が握手を求めてきた。戸惑いながらも、その手を握りしめた。結婚する前と変わらない、すこし乾燥した、低い体温の掌だった。

その手を握っていると、苛立ちや不安が少しだけ収まった。

夫と握手を交わしながら、もしかしたら、私も、本当は汚れていない私の潮を、自分の手で身体から取り出してみたかったのかもしれないと思った。


夫婦で交代で浴室に入り、それぞれの身体の中の潮を探すようになってから、一週間が経とうとしていた。

八時か、夫の残業次第では九時ごろに夕食を食べ、二人でテレビを観ながら団らん

する。十時になると、

「じゃあ、お先に」

と、夫に告げて、浴室に向かう。

浴室に行き、簡単に身体を流して、自分の体内の潮を探し始める。

潮の出し方についての知識もスマートフォンやインターネットで調べたが、自分の身体とは重ねたくないような情報がほとんどだった。漠然と、なるべく道具など使わずに手指だけで噴きたいなあ、と思っていた。

自分の膣の中に指を入れるのは苦手だ。タンポンも少し試してすぐに挫折した。一度だけ膣坐薬を処方されたことがあるが、そのときも自分で入れることができず、結局翌日医者へ行き入れてもらった。自分の身体についているのに、ろくに見たこともない場所だった。

私はシャワーの水で少し湿らせた指を、膣の中に少しだけ押し込んだ。想像とちがってそんなに湿り気もなく、ひきつるような感覚に耐えながら、なんとか指を差し込む。

私は、タンポンや膣坐薬を入れようとしたとき以外、自分の膣に触ったことがない。

見たこともない。今も、膣のことは見ていない。

自分の身体についているのに、膣についての知識は偏っていた。男性向けの漫画やたまにスマートフォンでうっかり見てしまうアダルトサイトの広告で見るような、架空の膣を、自分の脚の間にも想像していた。けれど、いざ触ってみると、本物の膣は頭の中に思い描いていた膣とはかなり異なっていた。

そこは想像していたようなぬかるんだ場所ではなかった。口の中のような場所なのだろうと思い込んでいたが、だいぶ違った。粘膜なので柔らかくはあるのだが、どちらかというと巨大な目頭に包まれているような感じだ。

鼻の穴のようにきちんとした骨がある空洞ではないので、袋を指で押し広げていく。過去の恋人たちは、この行為にどうやって興奮していたのだろうかと不思議に思う。

粘膜の中を適当に指でうろうろしているが、一体どうやってここから水が噴き上げてくるのかさっぱりわからなかった。入口の部分は乾いており、引っかかって痛みがあった。

深海生物に指を舐められているような奇妙な感覚と不快感に耐えながら、自分の身体の中をうろうろと彷徨った。鈍い痛みが下半身を襲った。両目を瞑り、歯を食いしばって、膣の中に水流を探しつづけた。

二十分ほどためしたあと、今日はこの辺にしておこうと、指を取り出した。身体の中から異物が出て行き、ほっとして身体から力が抜けた。何も起こっていないのに身体はとても疲労していた。溜息をつき、シャワーを浴びて身体を清めた。

浴槽で身体を温めて風呂を出た。髪の毛を拭きながらリビングに行くと、夫が音楽番組を観ていた。

「おつかれさま。どうだった？」

「今日もだめだったよ」

小さく笑ってみせると、夫は頷いた。

「ゆっくりがんばろう。じゃあ、僕も行ってくるね」

「うん」

夫は浴室に向かっていった。私はソファに座って、ドライヤーで髪を乾かし始めた。夫と話していると、潮というものが性的なものとはまったく関係のない、健康のためのヨガや体操に近いものに感じられてくる。そのことに安堵している自分がいた。

夫はどんな感覚で、自分から潮を取り出そうとしているのだろうか。夫のプライベートだからとあまり想像するのはやめて、冷凍庫をあけて、湯上りに一緒に食べるために買ったアイスクリームを出してキッチンに並べた。私も夫も、アイスクリームを少し溶かして食べるのが好きなのだ。

同志となってからは、私は先に寝ることなく、夫が浴室を出てから一緒に眠るようになっていた。

スプーンを準備しながら、早く私たちから潮が出ますようにと願った。音もしないし壁の振動もないのに、浴室からは、夫という動物が蠢いている気配が、はっきりと伝わってきていた。

乾杯、という合図にビールジョッキを掲げながら、今日来たことをもう既に後悔していた。

久しぶりに地元の飲み会があると声をかけられ、たまには懐かしい顔ぶれと飲むのもいいかと、電車を乗り継いで実家の近くにある居酒屋に集まっていた。同じクラスのメンバーだと聞いて安心しきっていたのだが、奥にある座敷に通されると、そこには昔付き合っていた男の姿があった。

中学校では同じクラスになったことはなかったが、大学に入ってからバイト先で再会して三ヶ月ほど付き合ったのだった。

「最初は少人数で飲む予定だったんだけどさ、フェイスブックで声かけたらけっこう集まったねー。プチ同窓会みたいになってる」

友達が嬉しそうに言うのを聞きながら、表情を変えないように用心して頷く。彼と私が付き合っていたことを、地元の中学校の友達は知らないはずだ。

夫と結婚してから、自分の性別を意識する機会が格段に減っていたのだと、こういう場にくると思いだす。うっかり足の毛を生やしっぱなしにしていたことを急に思いだしてしまい、ロールアップしていたパンツの裾をもぞもぞと弄った。家で冷凍食品を食べながらだらだらしていればよかった、とこっそり溜息をついた。

彼の顔を見たくなかったので、遠くの席に座った。学生時代よりかなり髪が薄くなり、筋肉質だった身体もぺたんこになって見える。けれど、背の高い大柄なところや、大声で身振り手振りを交えて喋るところは変わっておらず、その姿をみると身体が縮こまった。

私は彼と付き合うまで性行為をしたことがなかった。

彼の部屋に初めて行ったときのことをよく覚えている。一人暮らしのワンルームの部屋は、カーテンもベッドも真っ黒だった。

「澤口って処女だったよな。大丈夫、テクがあるやつがやると痛くもなんともないから」

「うん」

「今はさ、まあお前としか付き合ってないけど、大学入ってからちょっとはっちゃけた時期があってさー。そのとき、ほとんど女の身体知り尽くしちゃった感じだから、俺」

「そっか」

初めての性行為に緊張はしていたが、彼の言葉を聞いてほっとしていた。慣れている執刀医に手術を任せるような気分だった。親知らずを抜くとき、ほとんどそれを専門にやっているようなお医者さんにやってもらい、ちっとも痛くなかったことを思いだす。似たようなものだろうと、安心してベッドに横たわった。

彼のテクとは身体のあちこちの粘膜を、紙やすりでも持っているような手つきで強く摩擦するというものだった。その手の動きの速さが彼の自慢らしく、「どう?」と得意気に聞かれ、痛みがあって辛いとは答えにくかった。

身体の表面の粘膜の摩擦が終わると、つぎは内部の摩擦だった。

「あれ? 濡れてねえな」

男が顔をしかめた。

私からは私の局部が見えなかった。そのときも自分の膣を見たことがなかったので、彼になにが見えているのかはわからなかった。自分の膣を見るには手鏡が必要で、わざわざそんなものを持ち出してまで見ようと思ったことがなかったし、なんとなく気持ちが悪いと感じていた場所だった。

「最初は痛いかもしれないけど、この辺に女のツボがあっから」

男は私の膣の中を連打しはじめた。

歯医者さんでいつも痛かったら手を挙げてくださいね、と言われることを思いだしながら、あまりの鈍痛に、上半身を少し起こして、おそるおそる声をかけた。

「あの」

「なんだよ?」

彼は連打に夢中になって汗だくになっていた。

「少し痛い、かもしれない」

男がはあ、と溜息をついた。

「少しは我慢しろよ。俺がこんなにしてやってんのにさ」

「そうだよね、ごめんなさい」

膣を見たことがない私より膣に詳しい筈の男が手間取るなんて、よほど何かあるのかもしれない。私は婦人科にも行ったことがなかったので、不安になった。

膣の中にあるのは男の指だけなはずなのに、物干し竿で内臓をど突かれているような鈍痛が下腹部を襲った。内臓を無機質なもので突かれている感覚だった。私は奥歯を食いしばって耐えた。

呻き声はエロティックではないだろうと思ったので、息を止めて声がでないようにした。けれどたまに、喉の奥でこらえきれない呻きが鳴った。

「っとに濡れねえな」

舌うちが聞こえた。

「お前、どっかおかしいんじゃねー？　処女っつったって、これだけすりゃあ濡れるだろ、普通」

膣がおかしい。それは私に衝撃を与える宣告だった。

私は必死に下半身に力を込めて、濡れようと試行錯誤した。早く濡れなければと焦れば焦るほど、膣は乾いていった。

膣から水を出さなければ、出さなければ。私は内臓を掻きまわされながら、ただそれだけを祈っていた。

溜息をついて、「お前、不感症じゃない？　こんなんじゃ入んねーし、声も出さねーし。あー萎えたわ。今日は無理」と言われたとき、自分の膣は失敗作なのだとはっきりと告知された気がした。

のろのろと服を着て、なんだか間が抜けたような空間に耐えられずに帰った。挿入されたわけでもないのに、痛みは朝まで続いた。

私の身体は間違っていた。きちんと濡れなかった。きちんと快楽を覚えなかった。きちんと甘い声が出なかった。自分の身体が正常に作動しなかったということだけが、頭の中をぐるぐるとまわっていた。

それから休日が来るたびに、同じことが続いた。私の身体は強張るのを通り越し、死体のように硬直していた。彼の手が皮膚に触れるたびに、自分の身体が呪われていく感じがした。それでも私は彼の部屋に通うのをやめることはなかった。

私は正常な肉体になりたかった。彼に、ああ、これはちゃんとした普通の膣だと宣言してほしかった。そのためならどんな痛みにも耐えようと思った。

私と彼の付き合いを知っているバイト友達からは、「昨日は泊まったんでしょ、仲いいねえ」とからかわれることもあった。曖昧に笑いながら、早く達成しなければと焦燥にかられた。

このときから、私の膣は私のものではなくなったのかもしれない。それまでは、見たことがなくてもその臓器は自分の身体の一部だった。けれど、道具としての膣が正常に動かないと知らされて、私は自分の膣が故障しているのではないか、直さなければならないのではないかと不安にかられた、
私は「架空の膣」を自分の脚の間に追い求めた。男性向けのアダルトサイトにアクセスしたり、アダルト描写のある漫画を読んだりしてどんなものが理想的な膣なのか勉強した。どの膣も異様なほど濡れたり水を噴きだしたりしていた。私は自分の膣にもそうなってほしかった。

結局、三ヶ月ほどで彼とは別れた。だから彼は覚えていないかもしれない。けれど私の体には、あのときの下半身の鈍痛と、膣を乱暴に引っ掻かれる感覚が今も鮮明に残っている。

それから何人かの恋人ができて、私は自分の身体は彼が言うほど「間違って」いたわけではないと考えられるようになったが、コンプレックスはなかなかぬぐえなかった。自分の膣を自分で見ることはできないまま、引き続きAVを見たり、男性向けの本を読んだりして、「正しい」身体のありかたを研究することをやめなかった。喜んでくれる男性もいたが、不能な膣を隠し、偽って性行為をしている感覚がいつまでもあった。

「え、潮？」

不意に、男が座っている集団からそんな声がして、耳を疑った。

「そうだよ、潮」

男が自慢げに答えるのが聞こえた。

自分と夫の話かと思ったが、そんなはずもなく、どうやら最近浮気をした相手の女性の話をしているようだった。

「だからさ、すごいんだって。その女がさ、喘ぎながら噴きまくって」

「奥さんにバレたら大変だぞ、お前」

「ほんとかよ。そんなのAVでしか見たことねーし」

「いや、テクがあんだって」

学生時代と変わらない喋り方で男がいい、笑い声がひろがる。

耳を塞ぎたくなっていると、目の前の同級生の女の子が、

「やだね、大人になっても男子は」

と苦笑いをした。

「でもさあ、最近、男も噴ける風俗もあるらしいよ」

「へー！　なにそれ、聞いたことない」

「ネットで動画みたんだー。結構面白かったよ」

「なんか気持ち悪ーい。漏らしてるんじゃないの？」

「いやいや、違うみたいよ。何かテクがあるんだってー」

女友達が大声で笑う。

「『潮』噴いてる男ってどんななのかな。セクシーなの、それ？」

「げー、気持ち悪い。女みたいに喘ぐんじゃない？」

中学時代はエロティックな話など一切したことがなかった友達が、笑い声をあげる。

「知らないけど、ＳＭでいうＭっぽいプレイなんじゃない？　女王様におねだりして、喘いで潮噴くの」

「へー。調べてテク覚えて、彼氏にやってみよっかなー。男が噴いてるとこ見てみたい」

「やだあ」

「面白そう。それさ、動画撮ってみんなに見せてよ」

一人の冗談に、皆が一斉に嗤う。「潮」を笑う友達の顔が歪んで見えた。眩暈がして、床がぐにゃりと曲がっている。

いつか雪子が、その言葉を使う人たちを「化け物に見える」と言っていたことを思いだした。

狭い座敷の中で笑い声が膨らんでいく。私はハンカチを握りしめて立ち上がり、眩暈でよろけながらトイレの個室へと早足で駆け込んだ。

ほとんど飲んでいないのに、便器に顔を近づけると、口から驚くほど水がでてきた。

嘔吐しながら、私は膣が自分のものではないと、再び告げられたような気がしていた。だから噴くことができないのかもしれない。私は、ずっと前から心の奥底で、自分の膣が薄気味悪い。自分の脚の間にあるのに得体が知れないし、そこから水が出てくるなんてことがどうしても信じられないでいる。

握りしめた手に血の色が浮かび上がり、指の中で骨が軋んでいた。座敷のほうからは笑い声の振動が伝わってくる。「潮」を嗤う人たちがひしめき合って、私のしゃがんでいる暗がりの空気まで揺らし続けていた。

日曜日、空は晴れ渡っていた。私と夫は早起きをして、車で海を見にきていた。朝日を見ようと深夜に家を出たので、まだ海は暗かった。

「朝日が出るまで、コーヒーでも飲もうか」

私たちは海岸へおりた。朝の四時で、海岸には誰もいなかった。

二人で並んで座って、自動販売機で買った缶コーヒーを飲んだ。

「まだ日が出てないのに暑いね」

「うん、冷たいやつにすればよかった」

生ぬるい空気の中で、夜の海を見ながら二人でコーヒーを啜った。

私は明日から、新しい職場に通うことになっていた。

私が仕事を休んでいた間、どちらも結局潮を噴くことはなかった。

明日からは新しい仕事に慣れるのに必死で、少なくとも平日は潮を噴こうとする時間はなくなるだろう。本当に噴きたいのかと問われればよくわからないが、私は諦めないつもりだった。平日は難しいだろうが、週末だけでもチャレンジを続けようと思っていた。

甘い缶コーヒーを飲みながら、夫が呟くように言った。

「明日からまた忙しくなるね。休みの間負担をかけたぶん、明日からは僕ががんばるから、佳代さんは仕事に集中してね」

「ありがとう。でも今まで通り手抜きでいいよ。変に格好つけても長続きしないしね」

夫は小さく笑って俯いた。

「……それに、僕の挑戦を否定しないでくれて、ありがとう。明日からも頑張るつもりではあるけれど、もう噴けなくてもいいと思っているんだ。一生噴くことはなくても、夢をみて、理解をしてくれる仲間がいて、僕はとても幸福だった」

夫に静かに告げられ、私は立ち上がりそうになった。堪えながら、なんとか笑ってみせた。

「そんな大げさな。この前、もうちょっとだって言ってたじゃん。私はしばらくは日曜日だけのチャレンジになるかもしれないけど、明日からも一緒にがんばろうよ」

「ありがとう」

夫はどこか諦めたように見えた。感情を抑えることができず、私は空になった缶を潰しながら、夫に詰め寄った。

「勝手に諦めないでよ。直行くんにとって潮ってなんだったの。そんな簡単に挫折していいものだったの。がんばって噴こうよ。絶対にできるよ」

「うん、でも、どうにも痛くて、身体がつらいんだ。もう年だから無理なのかもしれない。若い頃にもっと知識があればなあ」

「年なんて関係ないよ。私なんか、この前、初めて夢精になったんだよ」

するりと夢精の事を告げていた。

「えっ」

夫が驚いた顔になった。

「すごい。そんなことがあるんだね」

「そうだよ！　だから諦めないで一緒にがんばろうよ、そうしたらきっと……」

きっと何なのか、私にもわからなかった。

なぜ自分がこんなに潮にのめりこんでいるのかと思ったが、夫がどうして潮にあれほど惹かれたのか、今ではちゃんと理解できている気がしていた。

夫は、出会ったときから精液を出すのが好きではなかった。結婚をする前、初めて行為に及んだとき、夫は深刻な表情で、

「ぼくは遅漏だから、なかなか達することができないかもしれない。なので、もし達することがなくてもそれは自分の身体のせいだから気にしないでほしい」

と言った。

何でわざわざそんなことを説明するのだろうと思いながら、私は頷いた。

それから夫は、必死に私の性器で自分の性器を擦った。

「駄目だ、もう少しなのに。もう少しなんだ」

謝罪して膣から男性器をぬき、なんとか出ないものかと乱暴に精液を引き摺り出そうと自分の性器を擦り続ける夫に、学生時代に必死に濡れようとしていた自分の姿が重なった。

「別に無理することないよ、それぞれの体調もあるし。今日は眠ろうよ」

「いや、そんなふうに許されるわけにはいかない」

夫は一体誰に糾弾されているのだろうか。自分が、夫を糾弾している世界の一部のように扱われていることはとても心外だった。

不意に思いついて、夫がなんとか勃起して再び挿入してきたときに、私は白目を剝いて全身を痙攣させながら叫んだ。

「わあああっ」

もはややけっぱちだった。驚いて身体をひいた夫に、

「ああ、びっくりした。物凄い絶頂だった」

と告げた。

いくら何でもわざとらしすぎただろうと思ったが、

「白目剝いてたよ、身体は平気⁉」

と焦って私の背中をさする夫は、私の言葉をすっかり信じ込んだ様子だった。

「うん、平気、ただ絶頂したってだけだから。ああ、すごくすっきりして、眠くなってきた」

私の言葉に、夫は、ほっとした顔になった。

「そうだね、休もう」

やっと夫が精液を出すのを諦めたのを見て、安堵したのは私のほうかもしれなかった。

私たちはどちらからともなく手をつないで眠った。恋人の手つなぎというよりも、森を彷徨うヘンゼルとグレーテルのような気持ちだった。怖い魔女がいるお菓子の家でも、一緒ならきっと大丈夫。そんな気持ちで、朝まで眠った。

それから私はずっと達する役だった。わたしが白目を剝いて演技をすると、夫はほっとして、すべて終わったとばかりに、安心して眠るのだった。

私は夫のために絶頂を引き受けようと思った。夫と違って、私なら証拠を身体から出す必要はない。身体が有利だと思った。自分のほうが、達する役に向いているなら、自分が背負おうと思った。

私はこの人と逃げようと思った。同じものに追いかけられているこの人となら、私たちに液体を出せと命じる大きな化け物から逃げられる気がした。

指輪を準備してプロポーズをした。フルーツパーラーのメロンパフェから出てきた指輪に、夫は仰天していたが、

「ありがとう。うれしいよ、佳代さん」

と受け取ってくれた。

私と夫は、世界の為に自分が出さなければいけない液体を、どうしても出すことができなかった。自分の身体から必死に逃げていた。お互いがそのための最良のパートナーなのだった。

涙ぐんだ私を呆然と見上げた夫が口を開きかけたが、そのまま閉じた。

私は立ち上がると、夫の側を離れ、砂浜を歩いた。

足音は聞こえないが、夫が私についてきているのがわかった。私は夫を振り切るように足を速めた。

海は黒かった。奥の方は墨汁のように見えた。

海辺をほとんど走るように進んでいた私は、はっとして足を止めた。

誰もいない岩場の影で、服を着たまま下半身だけ波につけて座っている人影がある。自殺ではないかと、息を止めて眼を見開いた。

後ろからついてきた夫が何か言いかけたのを、振り返って目線で留めた。私の表情と目線から、夫も人影に気がついたようだった。

目をこらしてみると、その人影は老婆のようだった。

「死のうとしているのかな」

夫が用心深く私の耳元で囁いた。

「まさか……もしそうだとしたら止めないと」

急いで囁き返したとき、微かに、老婆の鳴き声が聞こえた。

それは鳴き声としかいいようがなかった。唇が開き、その中に夜明け前の空より暗い闇が見えた。その闇が震えて、人間という動物が鳴いていた。

鳴き声に呼ばれるように、岩の向こうからもう二匹、老婆が姿を現した。三匹の老婆は、それぞれ上半身は薄手のシャツを着て、下半身にスカートを身に付けており、臍から下はすっかり水に浸してしまっている。濡れたスカートが下半身に貼り付いて、くっきりと二本の脚の形が浮かび上がり、水の中で動きまわっているのがよくわかる。

布越しに、細い両足の筋肉の動きまで見えた。

　ききき、という鳴き声が老婆の笑い声だと理解するのに時間がかかった。老婆は口を開いてなにか他のことも喋っているようであったが、こちらまで届いてはこなかった。

　老婆たちは水浴びをしている様子だった。冷たい水に心地よさそうに足を浸して、時折手で水を掬っている。老婆は、骨ばった両腕で岩をつかんで、薄墨を流し込んだようなくらい夜の海に下半身を浸している。足が水の中でばしゃばしゃと、水しぶきをあげながら跳ねていた。

　六本の脚を波が撫でていた。時折、太腿ではなく腹の上まで波が押し寄せる。老婆の身体を波が引っ掻いて、また太腿の方まで下がっていく。身体の上を行き来する波の中で老婆たちは心地よさそうに手足を揺らしていた。

　やがて、一匹の老婆が水からあがり、濡れた脚で砂を蹴って、岩場の中の一つの大きな岩へと近づいた。

　老婆が海の中の二匹に向かって何か言うと、海の中で二匹は激しく笑い、その声が反響し、脚に蹴られて水面が揺れた。

もう一匹もあがってきて、砂の上の老婆の側へと駆け寄る。顔を見合わせて、何か囁き合って、笑っている。

何だろうと思っていると、二匹の老婆は、急に、濡れたスカートを捲った。四本の真っ白なしわがれた脚が姿を現した。あっと思っている間に中の下着も下ろされた。呆気にとられていると、老婆の脚の間から突然水が噴きだした。二匹の老婆の脚の間から、微かな月の光を受けた、光の粒が岩へ向かって筋になって噴出している。

「潮……？」

夫が呟いた。老婆たちは水を噴き出しながら、顔を見合わせてまた笑った。それは潮ではなく尿だった。彼女たちは立ったまま尿を出しているのだった。

やがてもう一匹も笑いながら水をあがり、隣にたって同じようにスカートを捲りあげた。

三本の光の筋が、岩に衝突して飛び散っている。二つの水流が揺れてぶつかり、宙で破裂した。私は老婆の脚の間から飛び出す、光の粒子に見とれていた。

やがて尿を出し終えると、老婆たちは砂を蹴って尿の上にかけ、海へと戻っていった。きききき、という老婆の笑い声が、岩場に反響した。

一匹がちらりとこちらを見た気がして、慌てて岩の影に隠れた。急いで夫に視線で合図すると、夫もすぐに頷いた。私たちは足音をたてないように気を付けながら、そっと逃げ出した。

逃げながらすこしだけ振り向くと、三人の老婆の輪郭が光っているのが見えた。太陽が昇り始めているのかもしれない。老婆たちは波の中を踊るような足取りで歩き回っていた。

老婆の鳴き声が微かに聞こえた。それは私が出せなかった甘い声ではなく、小さな遠吠えだった。

砂浜を走って逃げ、さきほど自分たちが座っていたあたりまで戻ってきた。朝日を見にきたらしい車が何台か停まっている。振り向くと、もう空は明るくなり始めていた。

私たちはそのまま座り、水平線の上に太陽が出てくるのをぼんやり見つめていた。

夫は何も言葉を発さなかった。

雲が多く、朝日ははっきりとは見えなかった。ぼやけた紅い塊が大きくなっていくのを眺めているだけだった。

水平線にどんどん光が引き摺り出されていき、空が青くなっていった。

気が付くと、海辺には少しずつ人が増えてきていた。犬を連れている人や、サンドイッチを広げて朝の海を見ながら食べ始める人もいた。

朝の海辺で家族連れやカップルが、散歩したり寝転んだり、思い思いに過ごし始める。向こうのカフェも開いたようで、テラスにお客さんが案内されているのが見えた。

「お腹、すかない?」

黙りこくっている夫に聞いた。夫はしばらくの間のあと、

「うん。すいた」

と頷いた。

私たちはたちあがってぶらぶらと海辺を歩き回り、そばにあった屋台でたこ焼きを買った。

「おまけしておきますね」

上品な年配の男性が、微笑んでプラスチックの容器に一つ多くたこ焼きを入れてく

れた。

「ありがとうございます」

夫が礼を言うと、男性が皺だらけの笑顔になった。

「いやいや、今日一人目のお客さんですからね、サービスですよ」

その人の良さそうな笑顔を見つめながら、この人の中にも潮が眠っているのだと、ふと思った。

海辺をあるいている夫婦の中にも、犬を連れた老紳士の中にも、向こうを走る男の子の中にも、それを追いかける中年の女性の中にも、遠くで写真を撮っている髭を生やした男性の中にも、サーフボードを抱えた若者の集団の中にも、見えない潮が眠っている。

「ここにいる人が一斉に潮を噴いたらどうなるかな」

たこ焼きを食べている夫に向かって私は呟いた。

「そしたら、すごいよ」

私の言葉に、夫がぱっと顔をあげた。

「そんな光景、奇跡だよ。僕たちの身体には奇跡が眠っているんだ」

夫の言葉に、なぜだか泣きそうになった。

たこ焼きを食べ終えると、私たちは手をつないで海辺を歩いた。

「ねえ、私たちって、ヘンゼルとグレーテルみたいじゃない?」

「青い鳥を探しているから?」

「それはチルチルとミチルでしょ」

「そうだっけ」

間抜けな顔で首をかしげる夫の手をしっかりと握り直した。

早朝に私たちが座っていた場所まで波が押し寄せてきている。満潮が近づいているのかもしれなかった。

その日の夜、私は夫と食事を終えると、いつもと同じようにシャワールームに入った。

私は手鏡を持っていた。生まれて初めて、自分の膣を見てみようと思ったのだ。

浴室に体育座りをして、膝を開く。深呼吸をして、足の間を鏡で映した。

鏡に映っていたのは、思っていたよりも大きな裂け目だった。皮膚に隠れて粘膜がよく見えないので、踵をつかって裂け目を開くと、真っ赤なひだが姿を現した。それは学校の授業で見た図よりも、かなり複雑な形をしたひだだった。どことなく間が抜けた深海生物のようで、これが世間では性的なものとして扱われているということがぴんとこなかった。

私は鏡を見ながら、膣の中に指を入れてみた。なぜだか、いつもよりも怖くはなかった。

膣はひんやりつめたくて、知らない動物に指を食べられているような感覚がした。内側を指で撫でた。微かに湿っていて、肌の表面より柔らかい。胃や腸や心臓に直接触ることができたら、こんな感触なのだろうか。

身体の中に世界があった。そこは幼いころ読んだ不思議の国のアリスを思わせる、奇妙な世界だった。壁も床もぐにゃぐにゃしていて、時折骨のようなものに当たる。鼻の穴とも目頭とも口とも、少しだけ似ていてそれでも異なる、内臓の感触がした。

胃や腸や心臓も、触ったらそれぞれの感触があるのだろうか。手さぐりで中を進んでいく。昔、善光寺に行ったときに体験した戒壇めぐりを思いだした。あのときも、手さぐりで壁をつたって真っ暗な中を進んでいったのだった。思っていたよりもずっと広い膣の中を、指の感触を頼りに進んだ。

そこは袋状の小さな世界だった。力が抜けているせいか痛みはなく、自分の中の臓器が広がっていく感覚があるだけだった。

膣だけではなくもっと身体の中を触ってみたくて、鏡を置いて、反対側の手を口に入れてみた。歯磨きはしていたが、口の中に直接触ることも滅多にないことだったと思いだした。舌はつるりとしていて、裏の血管は太くてどくどくと血が流れる感触がした。

左手で歯の硬さに驚き、右手で膣の袋の感触にはさまれていると、身体の中で手が繋げそうな気がした。なんだか可笑しくなって、私は笑い声をあげた。

笑うと粘膜も振動して、舌も震えた。内臓の中を散歩していることが可笑しくて、わたしはまた笑った。

「痛っ」

私は口に入っていた手を引っ込めた。うっかり指先を噛んでしまったのだった。

見ると、人差し指に血がにじんでいた。

少し考えて、その血を舐めてみた。

子供のころ傷口を舐めたり、口の中を切ったりしたことはあるが、こんなに血は濃い味だっただろうかと不思議になった。血はおいしくて、他の動物が人間を食べる気持ちがわかった気がした。この液体も、潮になる液体も、身体の中のどこかに流れていて、いつもは見えなくても、皮膚の中で眠っているのだと思った。

潮はどこにあるのだろう。血管もないのにどこかに水が隠れている。そのことが可笑しくて、また笑い、指が膣と一緒に振動した。

いつか潮が噴けるようになったら、花の種を買ってきて、それに潮をかけてみてはどうだろう。夫と一緒に、潮で花を咲かせることができるかもしれない。

いつか潮で咲いた花と出会う日を夢見ながら、私は膣のさらに奥へと進んだ。身体の中は永遠に続くトンネルのように、どこまでも続いていた。

働き始めてから一ヶ月が経ち、私と夫が住む部屋は再び散らかりはじめていた。

シンクには食べ終わった冷凍食品とカップラーメンの容器が溜まり、コバエがまた我が家に飛び回り始めている。空になったペットボトルが、テーブルの上を占領していた。

私はリビングのソファに座り、明日着るためのブラジャーをドライヤーで乾かしていた。洗濯をさぼったせいで下着が一枚もなくなってしまったのだ。急いで一枚だけ風呂場で手洗いをしたが、パットのあたりがなかなか乾かず、欠伸をしながら必死に乾かしていた。

少しくらい湿っていてもいいから、干して眠ってしまおうかと思い始めたとき、浴室から、

「佳代さん！　佳代さん‼」

と叫ぶ声が聞こえた。

「どうしたの？」

ドライヤーを止めて浴室に向かい、ドアに向かって声をかけると、

「来てくれ！　来てくれ！」

と夫が叫んでいた。

浴室のドアをあけると、浴室の床にしゃがみ込んだ夫から水が噴き上がっていた。

それは見事なものだった。天井に向かって、水の粒子が光を反射しながら曲線を描いている。

光の粒に包まれながら、私は一瞬、自分と夫が鯨になって一緒に海で泳いでいる光景を思い浮かべた。

「あっ……違う！　これは違うぞ！」

夫が水を噴出しながら悲鳴をあげた。

私もさっきから気が付いていた。これは潮ではなく、夫の尿だった。

「なんてことだ……」

尿を噴き終えて、がっくりとうなだれた夫に、

「大丈夫、近づいてるってことだよ。潮を噴く前の感覚と尿意は近いって書いてあったし、男と女の体の違いはわからないけれど、尿を恥ずかしがらず出すことが大切なステップだって読んだよ」

と声をかけた。

少し得意気な声になってしまった。夫が、咄嗟に私を呼んで、潮を共有しようとしてくれたことがうれしかった。同志だと思ってくれたことが、私にはとても光栄だっ

た。

「またがんばろう！　掃除手伝うよ」

二人で浴室を掃除しながら、互いを励まし合った。

「いつか、二人で潮を噴けるようになったら、空が見える場所で並んで噴きたいね」

「うん、それはいいな。そういえば佳代さんはまだ行ったことがないよね。祖父の家には大きな庭があるんだ。そこで並んで、空に向かって潮を噴こう」

大きく頷いた拍子に夫がバランスを崩し、私は急いで手を差し伸べた。シャワーの水で濡れた手を、しっかりと摑んだ。

この掌が、いつかそれぞれの潮に辿りつく。私も夫も、いつか、自分の手で、自分の潮を身体から取り出す。

自分からいつか出てくる水に思いを馳せながら、私は足の指で、シャワーの水をついた。水しぶきが、浴室の中を跳ね上がった。

解説

小澤英実

人はなにかを信じずには生きていけない生きものだ。宗教や超常現象、イデオロギーや思想といった大仰なものでなくとも、たとえば昨日がたしかにあったということ、明日が必ず来るということ、そうしたことすら信じずに、生きていくことができるだろうか。人間の認識とは、なにかを信じることの寄せ集めであり、人間にとっての足場のようなものである。「変半身」は、そうした足場のあやうさを、人と環境のめまぐるしい変わり身をとおして、ユーモラスかつ痛烈に描き出す。

原案を劇団サンプル主宰の劇作家・演出家松井周と共同で立ち上げ、それぞれが小説と演劇で発表するという異例のプロジェクトから生まれた本作だが、演劇版と共有するのは千久世島という場といくつかの設定だけで、ストーリーはまるで異なっている（ちなみに演劇版は、島で採れるレアゲノムを巡る島内外の利権争いの果てに、生者と死者、人間と動物の境界が融和していくディストピアを壮大なスケールで描いている。ふたつの作品は、まるで異なっているのに多元的に共鳴しあうパラレルワールドのようである)。どの村田作品にもまして演劇的な趣きが強いのは、この創作プロセスとも無縁ではないだろう。だが『コンビニ人間』の主人公にとって、周囲の人間のキャラを模倣することが社会を生き抜くための必須のスキルであったように、「普通」からこぼれ落ちてしまう人たちを描く村田作品にとって、演じるという行為は存在の根幹にかかわる重要なテーマでありつづけてきた。私自身は本作を読んで、「この世は劇場、男も女も役者にすぎない」という、芝居のなかで何度聞いてもピンとこなかったシェイクスピアの言葉がはじめて腑に落ちたのだが、それというのもこの物語は、役を演じる人間の主体性をはるかにしのぐ、ある人をそのように動かす場の力というものをまざまざと突きつけるからだ。

この世界の圧倒的なまでの書き割り感に、まず唖然としてしまう。離島というクローズド・サークルな設定が、すでに読者のもつイメージを掻き立てる。千久世島で生まれ育った三人の同級生、陸と花蓮と高城くんは、十四歳になると選ばれる島の秘祭「モドリ」から命からがら逃げだす。彼女らにとって、故郷は全力で逃げ出すべき地獄だったが、それが大人たちがノリでそれっぽく作り上げた嘘だったことは、三人のその後を決定的に変えてしまう。逃げた先の都会の暮らしもすべてがまがいものであることに変わりはない。陸の夫は成功者のモデルケースを演じることで生計を立て、次々に変わるトレンドに沿ってキャラを変えていく。陸たちがふたたび千久世島を訪れると、そこも新たな舞台セットにすっかり作り替えられている。島民たちは与えられた新しい設定をやすやすと受け入れ、その役割になりきって生きている。赤虫茶や方言「がちゃ」などのディテールがひたすらおかしいが、実のところ日本に数多存在する偽文書とは、このように生きられてきたものかもしれない。ひとりで見る夢は現実たりえないが、島民たちが集団で見る夢は、共同幻想としてフィジカルに具現化する。そこには、島の大人と子どもたち、島民と外から来る観光客たち、あるいはプロデューサーと消費者というように、騙す側（演者）と騙される側（観客）の関係が生まれる。両者のあいだには共犯関係が結ばれ、観客は夢の内側に巻き込まれていく。そんな千久世島の閉じられた空間はまったく劇場のようだが、読み進めるにつれ世界全体がそっくりハリボテなのだとわかってくる。人々は主体的に演技をしているのではなく、次々とめまぐるしく変わる足下のセットから振り落とされまいと踊らされているにすぎないのである。

はじめはプロデューサーから与えられた役割を演じていることに自覚的で、衣装を脱ぎ着するように役割をまとっていた島民たちだが、最後に残った人間という殻から「脱皮」したとき、彼らはもう演じることをやめ、別の生きものに変態している。ポーポーたちの合唱が響き渡る茫洋とした水たまり、その原始のスープのはてしない広大さにめまいがする。地球は丸いのではなく、大きな水たまりに島がたくさんあるガラパゴス化した平面なのだという新たな「真実」に島民たちの蒙が啓かれるとき、あたかも千久世島という劇場の壁の四方がばたんと倒れたように、閉じられた空間が拓かれ新しい風が吹き渡る。これはかつて寺山修司や蜷川幸雄などのアングラ演劇で使われた演出であるが、そこで観客は、観ていた芝居から突如として現実に覚醒させられる。だが本作で、「みんなで水たまりの向こうへ行こう、秘祭が終わったことをほかの島にも伝えるんだ!」と言ってポーポー鳴き始める島民たちは、ひとつの催眠からまたさらに深い催眠へと沈潜していくようである。集団で見る滑稽な夢の、なんとおぞましく甘美なことだろう。その瞬間、小説のなかと読んでいる私たちの壁が取り払われ、ポーポーたちがこちらに向かってなだれ込んでくるような感覚に襲われる。

そのとき陸は、「私」と「私たち」という人称を絶妙に使い分けながら、人間がポーポーになる瞬間に「立ち会って」いると言い、ポーポーに変異する島民たちとそれを目撃する人間の狭間に立つ。いやいや、立ち会っているのは私のはず――と思う読者の足場はこのときすでにさらわれている。

三人いれば社会ができると言うけれど、村田作品でしばしば描かれる三人組は、この作品のなかで信じることの三つの様態をあらわしている。「モドリ」の体験をとおして、花蓮と陸と高城くんはまったく異なる価値観をもつ大人に成長する。島を嫌い、自分を早々に家畜と見定めていた花蓮は、目で見たこと、経験したことしか信じないという徹底した実証主義者になっていく。「この島から逃げるんじゃなくて、この島が、人間教の外になるの」と言う花蓮は、陸が飼っていた蟻の水槽を再現しようとするマッドサイエンティストのような怖さがある。花蓮は神になり代わろうとするのである。陸の初恋の相手である高城くんは、花蓮とは対照的に、十四歳で受けたトラウマを引きずったまま大人になる。自分を家畜にする大いなる神に降伏し、「信仰の入れ物」となって人間性を明け渡すところはどこか、ストックホルム症候群めいている。

だが「モドリ」の偽りが暴かれるまでポーポー様の伝説を強烈に信じていた陸は、それまでの島内の暮らしにこそ安寧を見出していた。恐怖の絶頂のさなかにもたらされたあまりにチープな種明かしによって、陸の認識にコペルニクス的転回が起きる。でっち上げられた島の歴史を熱心に見る人々を後目に、「何かを知るということは快楽なのだ、それが大嘘であっても」と陸が思うように、真実であると信じ込めるものだけが、真実としてまかりとおる。「全部陰謀だったんだ！」というタカヤの叫びを聞いて、島民たちは目が覚めたかのような衝撃を受ける。だが確たることがわからない現実の不透明さに耐えるのではなく、陰謀だと思い込めることこそが快楽だというのは、コロナ禍を経た私たちにはより実感されるところだろう。「新しい真実を信じるとき、人間の頭はクラッシュする。その瞬間だけが「無」になれるときなのよ」と花蓮が言うように、「知る」と「信じる」のあいだには、ほんの薄い皮膜のように、なにものにも汚されていない無＝真実がある。だからタカヤいわく「無」を信じようとする陸は、「知る」が「信じる」に形態変化する一瞬の間隙に留まることを希求するのである。

この希求は、水脈のように「満潮」にも注がれている。「変半身」とは異なるアプローチでリアリズムのなかに留まりながら、ひとりひとりの個別の性と身体を奪い去ろうとする世間や社会通念に対し、逃走と闘争とを同時に果敢に成し遂げている、すばらしい作品だ。この物語の舞台は、人間の身体だ。佳代が夢精して目が覚めると、夫の直行が突然潮を噴きたいと言いだして、風呂場で特訓を始める。佳代の友人は、潮噴きとは男が自己顕示欲やファンタジーのために女の性を踏みにじる行為だと痛烈に嫌悪するが、佳代もやがてその挑戦に加わり、ふたりはそれぞれ自分の力で潮を噴く目標に向かう同志になる。

これまで自分の膣のことをよく知らずに生きてきた佳代は、ここではじめて膣を探ってみる。「巨大な目頭」であり「深海生物」のようだという喩えの率直さに、私は読んでいて震えるような歓びを覚えた。自分の性を語るあらゆる言葉が私のものではない世界で、佳代は自分の膣を探し、それを言い表す自分だけの言葉を探す。その模索は、「変半身」に出てくる、島民たちの「言語を忘れたよう」でも「新しい言語を思い出したかのよう」でもあるポーポーの鳴き声にもこだましている。

「潮になる液体も、身体の中のどこかに流れていて、いつもは見えなくても、皮膚の中に眠っているのだ」と佳代は思う。他人に奪われていない、私自身にとってすら未知である、誰のものでもない身体。潮を噴きたいという切実な想いは、そのタブララサのような身体を探し当てようとする希求にほかならない。そしてそれは、手垢にまみれていない言葉で、小説にしか辿り着くことのできないに場所に手探りで触れようとする村田沙耶香の祈りそのものでもある。

それにしても、直行と佳代が海で出会う三人の老婆たちの、なんと神々しいことだろう。「きれいは汚い、汚いはきれい」というシェイクスピアの『マクベス』に出てくる三人の魔女たちのような彼女たちの生き生きとした躍動感や性の規範をかるがると超克する自由さが、いつまでも目に焼き付いて離れない。「変半身」と「満潮」のどちらにも、原初の海のほとりに立つ人間の、けっして見たこともない姿が描かれている。その光景は立ち会ったが最後、元いた場所にはけっして戻れなくなるような、底知れない怖さとはてしない解放感が同居している。確信をもっていえるが、こんな恐怖と希望のめくるめくマリアージュは、村田沙耶香の物語でしか起こらない。

（おざわ・えいみ　アメリカ文化／文学）

本書は、二〇一九年一一月、小社より刊行された。

沈黙博物館　小川洋子

「形見じゃ」老婆は言った。死の完結を阻止するために形見が盗まれる。死者が残した断片をめぐるやさしくスリリングな物語。（堀江敏幸）

星間商事株式会社社史編纂室　三浦しをん

二九歳「腐女子」川田幸代、社史編纂室所属。恋の行方も友情の行方も五里霧中。仲間と共に「同人誌」を武器に社の秘められた過去に挑む!?（金田淳子）

つむじ風食堂の夜　吉田篤弘

それは、笑いのこぼれる夜。――食堂は、十字路の角にぽつんとひとつ灯をともしていた。クラフト・エヴィング商會の物語作家による長篇小説。

通天閣　西加奈子

このしょーもない世の中に、救いようのない人生に、ちょっぴり暖かい灯を点す驚きと感動の物語。第24回織田作之助賞大賞受賞作。（津村記久子）

この話、続けてもいいですか。　西加奈子

ミッキーこと西加奈子の目を通すと世界はワクワク、ドキドキ輝く。いろんな人、出来事、体験がてんこ盛りの豪華エッセイ集！（中島たい子）

君は永遠にそいつらより若い　津村記久子

22歳処女。いや「女の童貞」と呼んでほしい――。日常の底に潜むうっすらとした悪意を独特の筆致で描く。第21回太宰治賞受賞作。（松浦理英子）

アレグリアとは仕事はできない　津村記久子

彼女はどうしようもない性悪だった。すぐ休み単純労働をバカにし男性社員に媚を売る。大型コピー機とミノベとの仁義なき戦い！（千野帽子）

まともな家の子供はいない　津村記久子

セキコには居場所がなかった。うちには父親がいる。うざい母親、テキトーな妹。まともな家なんてどこにもない！　中3女子、怒りの物語。（岩宮恵子）

こちらあみ子　今村夏子

あみ子の純粋な行動が周囲の人々を否応なく変えていく。第26回太宰治賞、第24回三島由紀夫賞受賞作。書き下ろし「チズさん」収録。（町田康／穂村弘）

さようなら、オレンジ　岩城けい

オーストラリアに流れ着いた難民サリマ。言葉も不自由な彼女が、新しい生活を切り拓いてゆく。第29回太宰治賞受賞・第150回芥川賞候補作。（小野正嗣）

冠・婚・葬・祭　中島京子

人生の節目に、起こったこと、出会ったひと、考えたこと。冠婚葬祭を切り口に、鮮やかな人生模様が描かれる。第143回直木賞作家の代表作。（瀧井朝世）

とりつくしま　東直子

死んだ人に「とりつくしま係」が言う。モノになってこの世に戻れますよ。妻は夫のカップに弟子は先生の扇子になった。連作短篇集。（大竹昭子）

虹色と幸運　柴崎友香

珠子、かおり、夏美。三〇代になった三人が、人に会い、おしゃべりし、いろいろ思う一年間。移りゆく季節の中で、日常の細部が輝く傑作。（江南亜美子）

星か獣になる季節　最果タヒ

推しの地下アイドルが殺人容疑で逮捕!? 僕は同級生のイケメン森下と真相を探るが――。歪んだピュアネスが傷だらけで疾走する新世代の青春小説！

ピスタチオ　梨木香歩

棚（たな）がアフリカを訪れたのは本当に偶然だったのか。不思議な出来事の連鎖から、水と生命の壮大な物語「ピスタチオ」が生まれる。（管啓次郎）

図書館の神様　瀬尾まいこ

赴任した高校で思いがけず文芸部顧問になってしまった清（きよ）。そこでの出会いが、その後の人生を変えてゆく。鮮やかな青春小説。（山本幸久）

マイマイ新子　髙樹のぶ子

昭和30年山口県国衙。きょうも新子は妹や友達と元気いっぱい。戦争の傷を負った大人、変わりゆく時代、その懐かしく切ない日々を描く。（片渕須直）

話虫干　小路幸也

夏目漱石「こころ」の内容が書き変えられた！　それは話虫の仕業。新人図書館員が話の世界に入り込み、「こころ」をもとの世界に戻そうとするが……。

包帯クラブ　天童荒太

傷ついた少年少女達は、戦わないかたちで自分達の大切なものを守ることにした。生きがたいと感じるすべての人に贈る長篇小説。大幅加筆して文庫化。

うれしい悲鳴をあげてくれ　いしわたり淳治

作詞家、音楽プロデューサーとして活躍する著者の小説&エッセイ集。彼が「言葉」を紡ぐと誰もが楽しめる「物語」が生まれる。（鈴木おさむ）

命売ります　三島由紀夫

自殺に失敗し、「命売ります。お好きな目的にお使い下さい」という突飛な広告を出した男のもとに、現われたのは？（種村季弘）

三島由紀夫レター教室　三島由紀夫

五人の登場人物が巻き起こす様々な出来事を手紙で綴る。恋の告白・借金の申し込み・見舞状等、一風変ったユニークな文例集。（群ようこ）

コーヒーと恋愛　獅子文六

恋愛は甘くてほろ苦い。とある男女が巻き起こす恋模様をコミカルに描く昭和の傑作が、現代の「東京」によみがえる。（曽我部恵一）

七時間半　獅子文六

東京―大阪間が七時間半かかっていた昭和30年代、特急「ちどり」を舞台に乗務員とお客たちのドタバタ劇を描く隠れた名作が遂に甦る。（千野帽子）

悦ちゃん　獅子文六

ちょっぴりおませな女の子、悦ちゃんがのんびり屋の父親の再婚話をめぐって東京中を奔走するユーモアと愛情に満ちた物語。初期の代表作。（窪美澄）

笛ふき天女　岩田幸子

旧藩主の息女に生まれ松方財閥に嫁ぎ、四十歳で作家獅子文六と再婚。夫、文六の想い出と天女のような純真さで爽やかに生きた女性の半生を語る。

青空娘　源氏鶏太

主人公の少女、有子が不遇な境遇から幾多の困難にぶつかりながらも健気にそれを乗り越え希望を手にする日本版シンデレラ・ストーリー。（山内マリコ）

最高殊勲夫人　源氏鶏太

野々宮杏子と三原三郎は家族から勝手な結婚話を迫られるも協力してそれを回避する。しかし徐々に惹かれ合うお互いの本当の気持ちは……。（千野帽子）

カレーライスの唄　阿川弘之

会社が倒産した！　どうしよう。美味しいカレーライスの店を始めよう。若い男女の恋と失業と起業の奮闘記。昭和娯楽小説の傑作。（平松洋子）

せどり男爵数奇譚　梶山季之

せどり＝掘り出し物の古書を安く買って高く転売することを業とすること。古書の世界に魅入られた人々を描く傑作ミステリー。（永江朗）

飛田ホテル　黒岩重吾
刑期を終えたやくざ者に起きた妻の失踪を追う表題作など、大阪のどん底で交わる男女の情と性。直木賞作家の傑作ミステリ短篇集。（難波利三）

あるフィルムの背景　結城昌治　日下三蔵編
普通の人間が起こす歪んだ事件、そこに至る絶望を描き、思いもよらない結末を鮮やかに提示する。昭和ミステリの名手、オリジナル短篇集。

赤い猫　仁木悦子　日下三蔵編
爽やかなユーモアと本格推理、そしてほろ苦さを少々。日本推理作家協会賞受賞の表題作ほか〈日本のクリスティー〉の魅力をたっぷり堪能できる傑作選。

兄のトランク　宮沢清六
兄・宮沢賢治の生と死をそのかたわらでみつめ、兄の死後も烈しい空襲や散佚から遺稿類を守りぬいてきた実弟が綴る、初のエッセイ集。

落穂拾い・犬の生活　小山清
明治の匂いの残る浅草に育ち、純粋無比の作品を遺して短い生涯を終えた小山清。いまなお新しい、清らかな祈りのような作品集。（三上延）

真鍋博のプラネタリウム　真鍋博　星新一
名コンビ真鍋博と星新一。二人の最初の作品『おーいでてこーい』他、星作品に描かれた挿絵と小説冒頭をまとめた幻の作品集。（真鍋真）

熊撃ち　吉村昭
人を襲う熊、熊をじっと狙う熊撃ち。大自然のなかで、実際に起きた七つの事件を題材に、孤独で忍耐強い熊撃ちの生きざまを描く。

川三部作
泥の河／螢川／道頓堀川　宮本輝
太宰賞「泥の河」、芥川賞「螢川」、そして「道頓堀川」と、川を背景に独自の抒情をこめて創出した、宮本文学の原点をなす三部作。

私小説
from left to right　水村美苗
12歳で渡米し滞在20年目を迎えた「美苗」。アメリカにも溶け込めず、今の日本にも違和感を覚え……。本邦初の横書きバイリンガル小説。

ラピスラズリ　山尾悠子
言葉の海が紡ぎだす、〈冬眠者〉と人形と、春の目覚めの物語。不世出の幻想小説家が20年の沈黙を破り発表した連作長篇。補筆改訂版。（千野帽子）

尾崎翠集成（上・下）　中野翠編
鮮烈な作品を残し、若き日に音信を絶った謎の作家・尾崎翠。時間と共に新たな輝きを加えてゆくその文学世界を集成する。

クラクラ日記　坂口三千代
戦後文壇を華やかに彩った無頼派の雄・坂口安吾との、嵐のような生活を妻の座から愛と悲しみをもって描く回想記。巻末エッセイ＝松本清張

貧乏サヴァラン　森茉莉　早川暢子編
オムレット、ボルドオ風茸料理、野菜の牛酪煮……。食いしん坊茉莉は料理自慢。香り豊かな〝茉莉ことば〟で綴られる垂涎の食エッセイ。文庫オリジナル。

紅茶と薔薇の日々　森茉莉　早川茉莉編
天皇陛下のお菓子に洋食店の味、庭に実る木苺……森鷗外の娘にして無類の食いしん坊、森茉莉が描く懐かしく愛おしい美味の世界。（辛酸なめ子）

ことばの食卓　武田百合子　野中ユリ・画
なにげない日常の光景やキャラメル、枇杷など、食べものに関する昔の記憶と思い出を感性豊かな文章で綴ったエッセイ集。（種村季弘）

遊覧日記　武田百合子　武田花・写真
行きたい所へ行きたい時に、つれづれに出かけてゆく。一人で。または二人で。あちらこちらを遊覧しながら綴ったエッセイ集。（巖谷國士）

わたしは驢馬に乗って下着をうりにゆきたい　鴨居羊子
新聞記者から下着デザイナーへ。斬新で夢のある下着を世に送り出し、下着ブームを巻き起こした女性起業家の悲喜こもごも。（近代ナリコ）

私はそうは思わない　佐野洋子
佐野洋子は過激だ。ふつうの人が思うようには思わない。大胆で意表をついたまっすぐな発言をする。だから読後が気持ちいい。（群ようこ）

神も仏もありませぬ　佐野洋子
還暦……もう人生おりたかった。でも春のきざしの蕗の薹に感動する自分がいる。意味なく生きても人は幸せなのだ。第3回小林秀雄賞受賞。（長嶋康郎）

老いの楽しみ　沢村貞子
八十歳を過ぎ、女優引退を決めた著者が、日々の思いを綴る。齢にさからわず、「なみ」に、気楽に、と過ごす時間に楽しみを見出す。（山崎洋子）

遠い朝の本たち　須賀敦子
一人の少女が成長する過程で出会い、愛しんだ文学作品の数々を、記憶に深く残る人びとの想い出とともに描くエッセイ。（末盛千枝子）

おいしいおはなし　高峰秀子編
向田邦子、幸田文、山田風太郎……著名人23人の美味な思い出。文学や芸術にも造詣が深かった往年の大女優・高峰秀子が厳選した珠玉のアンソロジー。

るきさん　高野文子
のんびりしていてマイペース、だけどどっかヘンテコな、るきさんの日常生活って？　独特な色使いが光るオールカラー。ポケットに一冊どうぞ。

それなりに生きている　群ようこ
日当たりの良い場所を目指して仲間を蹴落とすカメ、迷子札をつけているネコ、自己管理している犬。文庫化に際し、二篇を追加して贈る動物エッセイ。

うつくしく、やさしく、おろかなり　杉浦日向子
生きることを楽しもうとしていた江戸人たち。彼らの紡ぎ出した文化にとことん惚れ込んだ著者がその思いの丈を綴った最後のラブレター。（松田哲夫）

ねにもつタイプ　岸本佐知子
何となく気になることにこだわる、ねにもつ。思索、奇想、妄想はばたく脳内ワールドをリズミカルな名短文でつづる。第23回講談社エッセイ賞受賞。

回転ドアは、順番に　穂村弘　東直子
ある春の日に出会い、そして別れるまで。気鋭の歌人ふたりが、見つめ合い呼吸をはかりつつ投げ合う、スリリングな恋愛問答歌。（金原瑞人）

絶叫委員会　穂村弘
町には、偶然生まれては消えてゆく無数の詩が溢れている。不合理でナンセンスで真剣だからこそ可笑しい、天使的な言葉たちへの考察。（南伸坊）

杏のふむふむ　杏
連続テレビ小説「ごちそうさん」で国民的な女優となった杏が、それまでの人生を、人との出会いをテーマに描いたエッセイ集。（村上春樹）

月刊佐藤純子　佐藤ジュンコ
注目のイラストレーター（元書店員）のマンガエッセイが大増量してまさかの文庫化！　仙台の街や友人との日常を描く独特のゆるふわ感はクセになる！

ギリシア悲劇（全4巻）
大場正史訳

バートン版 千夜一夜物語（全11巻）
古沢岩美・絵

ガルガンチュア
ガルガンチュアとパンタグリュエル1
フランソワ・ラブレー
宮下志朗訳

文読む月日（上・中・下）
トルストイ
北御門二郎訳

ランボー全詩集
アルチュール・ランボー
宇佐美斉訳

ボードレール全詩集Ⅰ
シャルル・ボードレール
阿部良雄訳

高慢と偏見（上・下）
ジェイン・オースティン
中野康司訳

分別と多感
ジェイン・オースティン
中野康司訳

荒涼館（全4巻）
C・ディケンズ
青木雄造他訳

ソーの舞踏会
バルザック
柏木隆雄訳

荒々しい神の正義、神意と人間性の調和、人間の激情と心理。三大悲劇詩人（アイスキュロス、ソポクレス、エウリピデス）の全作品を収録する。

めくるめく愛と官能に彩られたアラビアの華麗な物語——奇想天外の面白さ、世界最大の奇書の名訳による決定版。鬼才・古沢岩美の甘美な挿絵付。

巨人王ガルガンチュアの誕生と成長、冒険の数々、さらに戦争とその顛末……笑いと風刺が炸裂するラブレーの傑作を、驚異的に読みやすい新訳でおくる。

一日一章、一年三六六章。古今東西の聖賢の名言・箴言を日々の心の糧となるよう、晩年のトルストイが心血を注いで集めた一大アンソロジー。

束の間の生涯を閃光のようにかけぬけた天才詩人ランボー——稀有な精神が紡いだ清冽なテクストを、世界的ランボー学者の美しい新訳でおくる。

詩人として、批評家として、思想家として、近年重要度を増しているボードレールのテクストを世界的な学者の個人訳で集成する初の文庫版全詩集。

互いの高慢さから偏見を抱いて反発しあう知的な二人がやがて真実の愛にめざめてゆく……絶妙な展開で深い感動をよぶ英国恋愛小説の名作の新訳。

冷静な姉エリナーと、情熱的な妹マリアン。好対照をなす姉妹の結婚への道を描くオースティンの永遠の傑作。読みやすくなった新訳で初の文庫化。

上流社会、政界、官界から底辺の貧民、浮浪者まで巻き込んだ因縁の訴訟事件。小説の面白さをすべて盛り込み壮大なスケールで描いた代表作。（青木雄造）

名門貴族の美しい末娘は、ソーの舞踏会で理想の男性と出会うが身分は謎だった……驕慢な娘の悲劇を描く表題作に、『夫婦財産契約』『禁治産』を収録。

コスモポリタンズ
サマセット・モーム 龍口直太郎訳
舞台はヨーロッパ、アジア、南島から日本まで。故国を去って異郷に住む“国際人”の日常にひそむ事件のかずかず。珠玉の小品30篇。（小池滋）

眺めのいい部屋
E・M・フォースター 西崎憲／中島朋子訳
フィレンツェを訪れたイギリスの令嬢ルーシーは、純粋な青年ジョージに心惹かれる。恋に悩み成長する若い女性の姿と真実の愛を描く名作ロマンス。

ダブリンの人びと
ジェイムズ・ジョイス 米本義孝訳
20世紀初頭、ダブリンに住む市民の平凡な日常をリアリズムに徹した手法で描いた短篇小説集。リズミカルで斬新な新訳。各章の関連地図と詳しい解説付。

オーランドー
ヴァージニア・ウルフ 杉山洋子訳
エリザベス女王お気に入りの美少年オーランドー、ある日目をさますと女になっていた――4世紀を駆ける万華鏡ファンタジー。（小谷真理）

バベットの晩餐会
I・ディーネセン 桝田啓介訳
バベットが祝宴に用意した料理とは……。一九八七年アカデミー賞外国語映画賞受賞作の原作と遺作「エーレンガート」を収録。（田中優子）

キャッツ
T・S・エリオット 池田雅之訳
劇団四季の超ロングラン・ミュージカルの原作新訳版。あまのじゃく猫におちゃめ猫、猫の犯罪王に鉄道猫。15の物語とカラーさしえ14枚入り。

ヘミングウェイ短篇集
アーネスト・ヘミングウェイ 西崎憲編訳
ヘミングウェイは弱く寂しい男たち、冷静で寛大な女たちを登場させ「人間であることの孤独」を描く。繊細で切れ味鋭い14の短篇を新訳で贈る。

動物農場
ジョージ・オーウェル 開高健訳
自由と平等を旗印に、いつのまにか全体主義や恐怖政治が社会を覆っていく様を痛烈に描き出す。『一九八四年』と並ぶG・オーウェルの代表作。

トーベ・ヤンソン短篇集
トーベ・ヤンソン 冨原眞弓編訳
ムーミンの作家にとどまらないヤンソンの作品の奥行きと背景を伝える短篇のベスト・セレクション。「愛の物語」「時間の感覚」「雨」など、全20篇。

誠実な詐欺師
トーベ・ヤンソン 冨原眞弓訳
〈兎屋敷〉に住む、ヤンソンを思わせる老女性作家。彼女に対し、風変わりな娘がめぐらす長いたくらみとは？ 傑作長編がほとんど新訳で登場。

エレンディラ
G・ガルシア＝マルケス 鼓直／木村榮一訳
大人のための残酷物語として書かれたといわれる中・短篇。「孤独と死」をモチーフに、大著『族長の秋』につらなるマルケスの真価を発揮した作品集。

素粒子
ミシェル・ウエルベック 野崎歓訳
人類の孤独の極北にゆらめく絶望的な愛――二人の異父兄弟の人生をたどり、希薄で怠惰な現代の一面を描き上げた、鬼才ウエルベックの衝撃作。

地図と領土
ミシェル・ウエルベック 野崎歓訳
孤独な天才芸術家ジェドは、世捨て人作家ウエルベックと出会い友情を育むが、作家は何者かに惨殺される――。最高傑作と名高いゴンクール賞受賞作。

きみを夢みて
スティーヴ・エリクソン 越川芳明訳
マジックリアリズム作家の最新作、待望の訳し下ろし！ 作家ザン夫妻はエチオピアの少女を養女にする。「小説内小説」と現実が絡む。推薦文＝小野正嗣

ルビコン・ビーチ
スティーヴ・エリクソン 島田雅彦訳
マジックリアリスト、エリクソンの幻想的描写が次々に繰り広げられるあまりに魅力的な代表作。空間のよじれの向こうに見えるもの。（谷崎由依）

スロー・ラーナー［新装版］
トマス・ピンチョン 志村正雄訳
著者自身がまとめた初期短篇集。「謎の巨匠」がみずからの作家生活を回顧する序文を付した話題作。驚異に満ちた世界。（高橋源一郎、宮沢章夫）

競売ナンバー49の叫び
トマス・ピンチョン 志村正雄訳
「謎の巨匠」の暗喩に満ちた迷宮世界。突然、大富豪の遺言管理執行人に指名された主人公エディパの物語。郵便ラッパとは？（巽孝之）

動物農場
ジョージ・オーウェル 開高健訳
自由と平等を旗印に、いつのまにか全体主義や恐怖政治が社会を覆っていく様を痛烈に描き出す。『一九八四年』と並ぶG・オーウェルの代表作。

カポーティ短篇集
T・カポーティ 河野一郎編訳
妻をなくした中年男の一日を、一抹の悲哀をこめ、ややユーモラスに描いた本邦初訳の「楽園の小道」他、選びぬかれた11篇。文庫オリジナル。

パルプ
チャールズ・ブコウスキー 柴田元幸訳
人生に見放され、酒と女に取り憑かれた超ダメ探偵が次々と奇妙な事件に巻き込まれる。伝説的カルト作家の遺作、待望の復刊！（東山彰良）

ありきたりの狂気の物語
チャールズ・ブコウスキー
青野聰 訳
すべてに見放されたサイテーな毎日。その一瞬の狂った輝きを切り取る、伝説的カルト作家の愛と笑いと哀しみに満ちた異色短篇集。（戌井昭人）

ブラウン神父の無心
G・K・チェスタトン
南條竹則／坂本あおい訳
ホームズと並び称される名探偵「ブラウン神父」シリーズを鮮烈な新訳で。「木の葉を隠すなら森のなか」などの警句と逆説に満ちた探偵譚。（高沢治）

生ける屍
ピーター・ディキンスン
神鳥統夫 訳
独裁者の島に派遣された薬理学者フォックス。秘密警察が跳梁し、魔術が信仰される島で陰謀に巻き込まれ……。幻の小説、復刊。（岡和田晃／佐野史郎）

氷
アンナ・カヴァン
山田和子 訳
氷が全世界を覆いつくそうとしていた。私は少女の行方を必死に探し求める。恐ろしくも美しい終末のヴィジョンで読者を魅了した伝説的名作。

奥の部屋
ロバート・エイクマン
今本渉 編訳
不気味な雰囲気、謎めいた象徴、魂の奥処をゆさぶる深い戦慄。幽霊不在の時代における新しい恐怖を描く、怪奇小説の極北エイクマンの傑作集。

郵便局と蛇
A・E・コッパード
西崎憲 編訳
日常の裏側にひそむ神秘と怪奇を淡々とした筆致で描く、孤高の英国作家の詩情あふれる作品集。新訳一篇を追加し、巻末に訳者による評伝を収録。

アンチクリストの誕生
レオ・ペルッツ
垂野創一郎 訳
20世紀前半に幻想的歴史小説を発表し広く人気を博した作家ペルッツの中短篇集。史実を踏まえて花開く奔放なフィクションの力に脱帽。（皆川博子）

あなたは誰？
ヘレン・マクロイ
渕上痩平 訳
匿名の電話の警告を無視してフリーダは婚約者の実家へ向かうが、その夜のパーティで殺人事件が起こる。本格ミステリの巨匠マクロイの初期傑作。

ロルドの恐怖劇場
アンドレ・ド・ロルド
平岡敦 編訳
二十世紀初頭のパリで絶大な人気を博した恐怖演劇グラン・ギニョル座。その座付作家ロルドが血と悪夢で紡ぎあげた二十二篇の悲鳴で終わる物語。

悪党どものお楽しみ
パーシヴァル・ワイルド
巴妙子 訳
足を洗った賭博師がその経験を生かし探偵として大活躍、いかさま師たちの巧妙なトリックを次々と暴く。エラリー・クイーン絶賛の痛快連作。（森英俊）

ちくま文庫

変半身《かわりみ》

二〇二一年十一月十日　第一刷発行
二〇二四年十二月十五日　第二刷発行

著　者　村田沙耶香（むらた・さやか）
発行者　増田健史
発行所　株式会社　筑摩書房
東京都台東区蔵前二―五―三　〒一一一―八七五五
電話番号　〇三―五六八七―二六〇一（代表）

装幀者　安野光雅
印刷所　三松堂株式会社
製本所　三松堂株式会社

ISBN978-4-480-43778-5　C0193